Nas águas desta baía há muito tempo

NEI LOPES

Nas águas desta baía há muito tempo

Contos da Guanabara

1ª edição

2017

CIP-BRASIL. CATALOGAÇÃO NA PUBLICAÇÃO
SINDICATO NACIONAL DOS EDITORES DE LIVROS, RJ

L854n   Lopes, Nei
         Nas águas desta baía há muito tempo: contos da Guanabara/
         Nei Lopes. – 1ª ed. – Rio de Janeiro: Record, 2017.

         ISBN: 978-85-01-10913-2

         1. Conto brasileiro. I. Título.

                                    CDD: 869.3
17-41244   CDU: 821.134.3(81)-3

Copyright © Nei Lopes, 2017

Todos os direitos reservados. Proibida a reprodução, armazenamento ou
transmissão de partes deste livro, através de quaisquer meios, sem prévia
autorização por escrito.

Texto revisado segundo o novo Acordo Ortográfico da Língua Portuguesa.

Direitos exclusivos desta edição reservados pela
EDITORA RECORD LTDA.
Rua Argentina, 171 – Rio de Janeiro, RJ – 20921-380 – Tel.: (21) 2585-2000.

Impresso no Brasil

ISBN 978-85-01-10913-2

Seja um leitor preferencial Record.
Cadastre-se em www.record.com.br e receba
informações sobre nossos lançamentos e nossas promoções.

Atendimento e venda direta ao leitor:
mdireto@record.com.br ou (21) 2585-2002.

Com a licença dos Ancestrais, dos Guerreiros abridores
de caminhos — marítimos, inclusive — e de todos os orixás,
voduns, inquices e encantados das águas.

Em memória de Camunguelo, Gil, Aniceto,
Fuleiro... sambistas da Estiva.

Com sinceros agradecimentos à professora
Mirian de Carvalho (UFRJ), pela acurada leitura
e pelo competente aconselhamento.

*O tempo é um rio formado pelos acontecimentos,
uma torrente impetuosa...*

Marco Aurélio (Roma, 121-180 d.C.)

Há muitos anos nas águas da Guanabara...

João Bosco e Aldir Blanc

*Com o tempo, a Revolta passou a ser uma festa,
um divertimento da cidade...*

Lima Barreto

*Se possuís a santa e inesgotável curiosidade dos artistas,
se não quereis perder coisa alguma dos esplendores
desflorados nessas águas pelas mãos de Deus, tomai um
desses barcos a remadores e correi por toda a parte,
praia por praia, ilha por ilha. Encontrareis menos ruínas
e glórias mortas do que nos arquipélagos jônios.*

Charles Ribeyrolles, c. 1858

SUMÁRIO

1. Anunciação   11
2. Prodígio   15
3. Maria-Angu   25
4. Valonguinho   43
5. A essência da verdade   65
6. Castanha do caju   75
7. *Lumière du Feu*   91
8. Fuga e contraponto   99
9. Bento Sem Braço   113
10. A Barraca dos Impossíveis   123
11. O Alferes   135
12. Madama   155
13. O oráculo   171
14. Águas turvas, turbulentas   187
15. Messiê Monamú   195
16. A Moura Torta   211
17. Regatas   225
18. A Mãe das Ilhas   251

1. ANUNCIAÇÃO

Guanabara, pelo que eu sei, é um tipo de embarcação de um mastro só e vela grande, a tal da bujarrona. Mas dizem que os índios antigos chamavam assim isto tudo aqui, toda esta lagoa enorme de água salgada. *Guaná-pará*, eles diziam.

Guaná é "seio", "colo"; e *pará* é "mar". Então, eles achavam que esse mundão de água era o "seio do mar", veja você! Ou o seio, a mama, de onde brotava a água do mar.

Mas guaná era uma raça de índio. Devia ser daquelas raças de mulheres de peitos grandes, fartos, capitosos...

Pois é, freguês... A Bíblia diz que, assim que acabou de criar o mundo e descansar um sábado inteiro, Deus — que naquele tempo era conhecido como Criador — reuniu seus nove filhos.

Depois de explicar direitinho pra eles como tudo funcionava, mandou cada um numa direção, pra inspecionar e ver se tudo tinha dado certo.

Vindo aqui pra estes lados, freguês, a expedição, depois de atravessar todos aqueles mares, oceanos, rios e montanhas, chegou lá na América do Norte.

Naquele tempo essa travessia era mais fácil, não era como hoje: o Criador tinha feito os continentes bem juntinhos um do outro, exatamente pra isto: pra poder, de vez em quando, mandar alguém ir a cada um deles pra ver se faltava alguma coisa, água, alimento; se alguém precisava de uma ajuda.

Então, da América do Norte, a expedição veio descendo e chegou até aqui. Aliás: aqui, não! Chegou lá! Está vendo? Subiu lá naquela serra mais alta; lá no alto daquela pedra esquisita. E, de lá, eles se embasbacaram com a vista divina, maravilhosa disto tudo aqui.

São mais de cem ilhas, meu senhor, quer ver só? Olha lá!

A da Laje... a de Vilaganhão... a Fiscal... a das Cobras... das Enxadas... de Santa Bárbara... Pombeba... dos Ferreiros... Bem lá em baixo; dá pra enxergar?

Agora, aquelas outras, aqui à esquerda: Bom Jardim... Sapucaia... Bom Jesus... Pinheiro... Pindaí de baixo... Pindaí de cima, também chamada de Ilha do França... Catalão... das Cabras... Baiacu...Fundão... Cambembe Grande e Cambembe Pequeno... Santa Rosa... do Raimundo... Anel... Saravatá...

Lá no fundo, agora: Ilha Seca... Ilha d'Água... Mãe Maria... Palma... Rijo... Boqueirão... Aroeiras...

Vamos agora mais pro meio: Manguinho... Redonda... Braço Forte... as Tapuamas, de fora e de dentro... Jurubaíbas, duas também...

Olha lá: Paquetá... E em volta, a da Pedra Rachada, a do Trinta Réis, as lajes do Machado, do Silva, a do Cabaceiro... É muita ilha, meu senhor!

Tem ainda a do Gonçalo, a de São Roque, a do Brocoió, a das Folhas. A dos Lobos, a do Mestre Rodrigues, a de Pancaraíba... Tem aquelas já quase na barra... E tem também aquelas lá do outro lado, já na Praia Grande... É ilha que não acaba mais, meu amigo! Baía é isto aqui; o resto é conversa.

De forma que o pessoal da expedição ficou de queixo caído. Aí, um deles lá, que era na verdade um espírito de porco, não se conteve e falou:

— Caramba! O Criador começou o mundo foi por aqui. Só pode ter sido... Depois é que foi fazendo o resto, em volta. Aqui é que é o centro de tudo.

Mas a viagem tinha sido longa, muito longa. E no caminho a expedição foi aumentando, claro! Tanto que o chefe, já com muitos mil anos nas costas, tinha netos, bisnetos, tataranetos. E aí começou tudo de novo, a partir do centro destas águas maravilhosas: o neto chamado Irajá seguiu pro leste com seu grupo; o irmão dele, Iguaçu, foi pro norte; uma neta, chamada Magé, foi pra noroeste; a irmã dela, Icaraí, foi pra oeste; todos seguindo os pontos cardeais.

Bem... Eu estou vendendo o peixe conforme aprendi neste mar, nestas areias, nestes portos; o que, aliás, não serviu pra muita coisa. Senão eu — Genésio da Anunciação, seu criado — não estava aqui até hoje, escamando, cortando e limpando corvina, tainha, xerelete, pra vender pro senhor... Eu estava era falando *françuá*, como falam, aqui, os ricos, as madamas, os doutores, os estudados, não é mesmo?

2. PRODÍGIO

Esta ilha tem muita história. Como, aliás, todas elas têm; e em toda esta baía: na terra e no mar. No dia em que chegou por aqui o primeiro circo, por exemplo, foi como se o mundo estivesse começando outra vez.

Quando a barcaça atracou e começou a desembarcar aquilo tudo, a gente não sabia o que era. Mas uma alegria estranha tomou conta de todo mundo, dando vontade de cantar, dançar, agradecer aquela dádiva que chegava sem a gente saber direito por que vinha. Mas pouco a pouco foram aparecendo os mastros coloridos, as tábuas, as rodas, os ferros, as bandeiras de todas as cores, as fantasias... E as jaulas com os bichos.

Era 7 de setembro. E, ao mesmo tempo que nossos olhos se maravilhavam com aquilo tudo, o foguetório espocava dos navios — *Tamandaré, Trajano, Liberdade* — passeando na baía e soltando fogos em direção à cidade, lá longe. Aí a gente teve mesmo certeza de que alguma coisa de muito bonito começava a acontecer na vida de cada um de nós.

Deixando o cais, a caravana seguiu nos carros de bois e carroças pela estrada esburacada. A companhia circense era dirigida pelo famoso artista Benedito de Lima. E chegou à ilha, vinda de Niterói, pra tirar a gente daquele isolamento e alterar nosso dia a dia. Surgia ali, então, a única atração do nosso arraial, mexendo com as expectativas e fantasias de ricos e pobres, velhos e crianças, brancos e pretos; de todo mundo.

Ninguém sabia que o circo ia chegar. Mas logo que chegou, mesmo sem nenhum folheto ou jornal anunciando, todo mundo ficou sabendo.

O lugar escolhido pra levantar a lona foi o largo em frente à igrejinha de Nossa Senhora Padroeira. No centro, foi cravado o mastro de eucalipto, tirado do calipal que havia na beira do riacho. Nele, amarraram um barbante grosso de uns 10 metros de comprimento com um prego grande na ponta. E aí, fazendo o compasso, riscaram o espaço do picadeiro. Depois, com um fio mais comprido, riscaram o círculo maior, no qual foram fincando as oito estacas de pau do mato, que formariam a estrutura de esteio das arquibancadas. No topo do mastro central, colocaram um travessão em forma de "T", no qual prenderam roldanas. E delas desciam os cabos de arame grosso pra sustentar a lona e os trapézios.

Tudo isso acontecia em meio ao burburinho das crianças e da curiosidade dos adultos por todos os artistas da companhia, que eram ao mesmo tempo acrobatas, atores, carpinteiros, músicos, cozinheiros, costureiros, passadores de roupa, faxineiros, tintureiros...

Pronta a estrutura, subiu o toldo de morim encerado com parafina. A parte central foi encaixada, amarrada no poste, e as pontas, presas nas dezesseis estacas, como os raios do aro de uma bicicleta. O trabalho levou três dias. Enquanto durou — e por todo o tempo em que sua alegria encheu a ilha —, o foguetório na baía não parou.

Rumores diziam que o festival na baía era acompanhado das partes mais altas da cidade. Era um grande acontecimento, um espetáculo mesmo. Um primo do meu pai, que morava lá, me contou que tinha gente que toda tarde subia até Santa Teresa, pela rua Taylor ou pela antiga rua de Mata-Cavalos, agora rua do Riachuelo. Juntava gente lá em cima, de binóculo e tudo, pra ver os foguetórios. Dizem que era uma beleza! Os tiros partiam das fortalezas... Santa Cruz, São João, Laje, Vileganhão, Escola Militar... pros navios. E dos navios pras fortalezas (Pou! Pum! Pimba! Pau! Queimou! Acertou! Caiu no mar!). No dia em que não tinha foguetório, voltava todo mundo pra casa, sem graça. Chateado, desenxabido. As crianças, então... nem se fala. E tinha também o holofote da Glória. Quando caía a noite, ele varria a baía e a cidade com aquele facho de luz.

Da ilha, a gente via isso de longe, bem de longe. Mas não interessava. Nós tínhamos o circo sendo armado quase dentro de casa.

Até que chegou o dia da estreia. Por volta das quatro horas o arraial se agitou ainda mais e a garotada enlouqueceu. O palhaço Gororoba, que era nada mais nada menos que o famoso Benedito de Lima, saiu à rua montado num burro magro e sem dentes, à frente de um cortejo e ladeado por dois molecotes, que empunhavam tabuletas anunciando as atrações: ANTONIO HUGO, O ENGOLIDOR DE

FOGO; CAPITÃO ADOLFO E SEUS CAVALOS AMESTRA-
DOS; ELIZANFAN NO ROLA-ROLA; MISTER GIRUNDA
NO GLOBO DA MORTE...

Algumas horas antes do começo do espetáculo, uma
fila se formou em frente à entrada do circo. Era a gente das
casas remediadas, empregados e agregados, carregando
cadeiras e moringas com água e colocando nos lugares,
entre o picadeiro e o poleiro, em que as famílias viriam
sentar-se com mais conforto. Quando caía a noite, o circo
se iluminava todo com os lampiões de querosene; e a luz
ressaltava ainda mais as cores vistosas da decoração. Os
vendedores de doces e quitutes já estavam lá com seus
tabuleiros muito limpinhos, cobertos de pano branco,
cheios de bolos, bolinhos, broas, cocadas, refrescos...

Enquanto o circo permaneceu na ilha, eu não perdi uma
função. E praticamente passei a morar lá, servindo, ajudando, procurando aprender todas aquelas coisas maravilhosas.
Só ia em casa pra dormir. Até que um dia o circo deu seu
último espetáculo; e começou a ser desarmado, pra seguir
adiante. E eu fui; cumprindo esse destino fantástico.

Em pouco tempo eu tinha aprendido o básico das artes,
ciências e técnicas circenses: saltos sem mão; pantomimas;
ginástica; mímicas; malabares; equilibrismo; ilusionismo;
exibição com cavalos... Cada vez aprimorando mais meus
conhecimentos, me apresentei com algum sucesso em
todos os lugares onde o circo acampou: Paquetá, Governador, Ilha d'Água, do Boqueirão, da Laranjeira... Até em
ilhazinhas bem pequenas o circo acampou, contratado
pelos proprietários. E o povo vinha de canoa pra assistir.
Até na Ilha dos Ratos e na das Cobras eu me exibi.

Mas então, já bem distante de casa, na Ilha de Jurubaíba, lá pros lados de São Gonçalo, um dia meu pai apareceu no circo, de braço dado com uma mulher estranha. Eu estava no trapézio, de onde caí com o susto. E aí ele me reconheceu:

— Moleque safado, sem-vergonha! Então é aqui que você está, não é?

— Safado é o senhor, de braço dado com essa mulher aí. Vai ver que mamãe está lá em casa passando necessidade.

— Descarado! Me respeite, moleque descompreendido!

Foi o maior escândalo. E ele me pegou pela orelha, mesmo machucado pela queda, e me levou pra casa.

Quando sarei e me recuperei dos ferimentos, meu pai me alistou na Marinha, na Ilha das Cobras, o que segundo ele era o único jeito de eu tomar tenência e ser responsável na vida. Me largou lá sozinho, de qualquer jeito. E foi embora.

No circo, eu havia recebido o apelido de Moleque Prodígio, que adotei como nome artístico. Eu não tinha documento nenhum. E quando, na Marinha, me registraram, eu dei este nome: Prodígio do Espírito Santo. Um nome bonito, que eu mesmo escolhi pra mim.

A vida a bordo do *Tamandaré* era dura. Lá, todos os oficiais eram brancos e todos os praças eram pretos, mulatos ou caboclos. Mas eu comecei a me destacar, pelas minhas artes, mesmo durante os serviços. Eu andava na corda bamba, fazia acrobacias no convés e até no tombadilho, dançava maxixe com o esfregão na hora da faxina... Pintava os canecos!

Porém aí, como não podia deixar de ser, um dia fui pra chibata, "pra tomar jeito de gente", como disse o oficial que flagrou meu malfeito. Mas na hora em que a disciplina baixou a lenha, eu fechei os olhos, firmei o pensamento e o chicote virou uma cobra na mão dele. Ele deu um pulo, largou a bicha, ela saiu se rebolando toda com aquela cara de deboche e pulou dentro do mar.

Outra vez, um marujo que não sabia nadar — imagine! — caiu no mar. Foi aquele corre-corre, aquela gritaria, mas ninguém pulava pra salvar o coitado. E eu fui buscá-lo, pra espanto de todos. Só que eu desci a escadinha do portaló, fui andando mais de uma milha, peguei-o, botei nas costas e trouxe, andando por cima da água na maior calma e fumando meu cigarrinho. O mar estava manso e me facilitou as coisas.

Minha fama começou a correr, e eu passei a ter regalias e a ser respeitado, inclusive pelos oficiais. Eles não sabiam que tudo aquilo que eu fazia era ilusionismo e prestidigitação, coisa que eu havia aprendido nos meus tempos de circo.

Mas o meu grande número ainda estava por acontecer. E aconteceu numa noite em que o comandante recebia a delegação de um navio estrangeiro. A recepção estava animada quando o vinho acabou. Já pensou? Decepção! Vergonha. E eu disse:

— Deixa comigo!

A despensa do navio tinha dez barris onde era armazenada a água potável, de beber. Desses, seis estavam vazios. Aí eu pedi que trouxessem esses barris até onde estava o comandante e os visitantes estrangeiros. Trouxeram, e eu mandei que enchessem de água limpa.

Cheios os recipientes, fechei os olhos, estendi a mão sobre eles e...

— Pronto! Podem provar!

O comandante, desconfiado e receoso, foi o primeiro. Cheirou, deu uma bicadinha, fechou os olhos, sentiu o buquê e...

— Hmmm... Ah! Excelente! Frutado! Amadeirado...

— O melhor vinho que eu já bebi em toda a minha vida — disse o comandante dos estrangeiros. E eu ainda caçoei dele:

— É Du Barry, senhores... Do barril do Brasil.

Eu pintava e bordava. Pra animar o navio, um dia até montei um café-cantante no rancho. Funcionava às sextas-feiras. Eu cantava meus lundus, me acompanhando ao violão; dançava maxixe com o Bigode, um dos melhores artistas de bordo, vestido de mulher. E o Bigode declamava uns versos picarescos... Era uma pândega boa! A marujada se divertia muito. Mas um dia, um tenentinho lá, querendo ser mais realista que o rei, deu parte ao comandante e o negócio fechou as portas. Com algumas chibatadas, diga-se de passagem. Mas comigo, não; que eles comigo não podiam.

Então, graças a tudo o que eu tinha aprendido no circo, em 1910 — pouco mais de dez anos depois de meu ingresso na Marinha —, eu já era capitão de corvina, ou melhor: capitão de corveta.

Esse rapaz, o João Cândido, que a gente chamava de Felisberto, era só um pouquinho mais antigo que eu. Mas não cruzava muito comigo, não. Inclusive, eu sabia, por alguns comentários, que ele não acreditava nas coisas que eu fazia; dizia que eram presepadas, mágica vagabunda, coisas de circo mambembe. Pura inveja! Ainda mais depois que ele voltou da Inglaterra.

Eu compreendia. Afinal, eu entrei depois dele e já era graduado. E tinha o privilégio de ser o primeiro oficial de cor na Armada brasileira. Estava pronto pra ser promovido a fragata e depois a almirante. E isso o incomodava bastante. Mas o dia do nosso encontro, mesmo, finalmente chegou.

Depois de tudo aquilo que aconteceu e todo mundo sabe, ele e os outros foram jogados numa cela imunda. As necessidades, eles faziam dentro de um barril que, de tão cheio de detritos, rolou e inundou um canto da prisão. A pretexto de desinfetar o cubículo, os oficiais mandaram jogar água com bastante cal... Assim, no fundo da masmorra, o líquido evaporou, ficando só a cal.

Quando ouvi os gritos, rumei pra lá. A fumaçada da cal se desprendia do chão e invadia nossos pulmões, sufocando. Todos já estavam mortos, menos o Felisberto, que ainda respirava. Mas agonizando. Eu não podia ver um irmão de cor, cidadão brasileiro como eu, naquela situação. Então, quando o vi em agonia, praticamente morto, fechei meus olhos, me concentrei e o mandei acordar, levantar e andar. E ele levantou, sacudiu a poeira branca e saiu comigo.

· · ·

Ninguém soube disso. Nem eu fiz questão de contar pra ninguém. Com pureza d'alma, esta é a primeira vez que eu toco nesse assunto.

Não sei onde anda o pobre do Felisberto. Deve estar mesmo bombardeado, coitado. Dizem que nunca mais se aprumou.

Mas isso ele nunca vai contar pra ninguém, porque nem ele sabe o que aconteceu. Se ele conseguiu sobreviver a tudo aquilo por que passou, foi graças a mim, Prodígio do Espírito Santo, moleque de circo, natural da Baía de Guanabara, e o primeiro preto graduado como oficial da nossa Marinha de Guerra.

3. MARIA-ANGU

Foi um dos enterros mais tristes que eu já vi na minha vida! Aliás, não foi enterro, porque a coisa, é claro, foi aqui no mar. E foi mesmo um funeral; como os dos maiores marinheiros de todos os tempos. Mas foi uma coisa muito triste. Triste mas muito bonita, por incrível que pareça. Porque muitas vezes tem coisa ruim, desagradável, que não deixa de ser bonita. Pelo luxo, pela riqueza, pela pompa, pela cerimônia. E o dela foi assim.

O corpo foi colocado numa urna preta feito carvão; e trazido até aqui o cais em um coche negro, puxado por seis cavalos de pelo negro igual a veludo. Seus doze filhos, retintos, caminhavam seis de cada lado, todos inteiramente vestidos de preto.

Ao chegar aqui, a urna carregada por eles foi colocada numa chata como aquela ali, só que toda pintada de betume; e que quase nem se via, pois a noite era de uma escuridão só, sem lua ou sequer uma estrela, umazinha só, no céu. Acomodado o esquife, os filhos o foram empurrando na direção da barra; quatro de cada lado. E foram entrando no mar, entrando, entrando... Até desaparecerem pra sempre.

Não tinha mais ninguém no cais. Só eu. Então, só eu é que posso contar a história de minha comadre Maria — Maria-Angu, como era conhecida; mas que se chamava mesmo era Rosa Maria da Conceição.

• • •

Desde o tempo do Onça que já havia diversas carreiras: de bote, veleiro ou remo, indo e voltando do Valongo a São Cristóvão ou Botafogo. Depois vieram os serviços de faluas — que são veleiros estreitos, de dois mastros, com proa e popa bicudas... Como aquele ali. Olhe! Vieram também carreiras de saveiros, de um ou dois mastros e de pouca fundura, mais largos que as faluas; e de barcaças, tudo guiado por escravos de ganho. Outras carreiras eram as da Praia Grande e também as das ilhas do Governador e Paquetá. Os portos do Recôncavo já eram mais ou menos os de hoje: Piedade de Magé, São Gonçalo, Iguaçu, Inhomirim, Estrela e Porto das Caixas.

No Império, veio a barca por nome *Bragança*, a vapor, que ia da Praia de Dom Manuel até a Praia Grande. Pra Governador e Paquetá tinha a barca da Companhia da Piedade; e pra Botafogo era a da Companhia de Navegação de Botafogo. Lá pro outro lado, teve a carreira da Companhia de Inhomirim, que ia até Porto das Caixas e Estrela; e depois passou a fazer uma baldeação em São Domingos, na Praia Grande.

Mais tarde, vieram as barcas Ferry, americanas, movidas por aquelas rodas grandes. Levavam trezentos passageiros e ainda podiam carregar também carruagens com cavalo e tudo. Aí a concorrência não aguentou mais e a Companhia Ferry tomou conta de tudo. Inclusive botando nas barcas os nomes de *Primeira, Segunda, Terceira...* Até chegar à *Sétima*.

Mas isso era o transporte legalizado, regulamentado na Capitania. Porque já tinha também esse outro, paralelo, em que impera a lei do mais forte. E entre esses mais fortes estava minha comadre. Que Deus a tenha no Reino da Glória! Que é muito mais alto que aquele lá do Outeiro.

Era uma preta de quase 2 metros de altura; e pesava bem uns 150 quilos. Tinha pouco mais de 30 anos quando isso aconteceu. Gozava de perfeita saúde, com aquele jeitão de bicho brabo, por cima dos lábios aquele leve buço; que lhe dava de fato um ar masculino. E essa macheza era ressaltada por sua voz, tão grave e profunda quanto o apito dos navios e barcas naquelas madrugadas de nevoeiro na baía.

Na época, um jornal a descreveu assim. Vê só aqui:

> Era uma amazona do Daomé, figura colossal, desafiando a tudo e a todos com sua formidável estrutura. E não era somente uma mulher robusta, uma dessas privilegiadas que trazem no corpo a resistência do bronze e que esmagam com o peso dos músculos. A força nervosa era nela também uma característica, emprestando-lhe movimentos acrobáticos, inacreditáveis, invencíveis mesmo, de uma imprevisibilidade rara. Esse dom precioso e natural se desenvolvera nela à força de um exercício continuado

que a tornara conhecida na beira da praia, nos conflitos com marujos e catraieiros, e nos freges, tabernas e zungus, quando se alcoolizava. Aí, armada de faca ou navalha, toda transfigurada, os olhos dardejando fogo, as vestes descompostas, parecia uma fera desenjaulada.

Mas tinha muito bom coração a minha comadre. E pelo que eu sei, nasceu aqui mesmo, na freguesia de Irajá, filha de escrava com filho de fazendeiro da localidade conhecida como Pau-Ferro, perto das terras do velho Brás de Pina. Ela e a mãe recebiam tratamento diferente do dispensado aos outros escravos. Tanto que aprendeu a ler, escrever e fazer contas, no que era muito boa; e tinha do patrão a promessa de que ia ser alforriada quando completasse 18 anos.

A tal da Lei do Ventre Livre — sabe como é, né? — era ignorada pelos proprietários do interior. E ela, que também não sabia da Lei, esperou a chegada da maioridade. Mas quando estava quase atingindo, e a mãe já havia morrido, o dono, que plantava café, foi à falência, e pediu a ela que o ajudasse naquele aperto. Foi assim que ela passou a fazer angu e sair com o panelão, o fogareiro e o cavalete, pra vender na estrada.

De manhã, ela vendia angu; e de noite saía de novo, pra vender peixe frito e iscas de fígado, pagando ao senhor 20 mil-réis por dia; de "jornal", como se diz. Mas um dia ele morreu. E aí Maria, que ainda não era minha comadre, mas já era a Maria do Angu, e que já era livre de direito, passou a ser livre de fato também. E ninguém tinha mais nada a ver com sua vida.

O fato é que dizem muita coisa sobre ela. Cada um de um jeito. Mas o que ninguém discorda é que ela ficou mesmo conhecida foi na praia, vendendo angu pra marinheiros, estivadores e demais frequentadores do porto. Era a Maria do Angu; e depois virou Maria-Angu. E o porto acabou ganhando seu nome: o Porto de Maria-Angu.

Naquele tempo, os homens da beira do mar eram homens de verdade. Mas nenhum deles teve tanta fama como a minha finada comadre Maria-Angu. Deus a tenha!

Mas, quando eu a conheci, ela já não vendia mais comida. Era dona de uma embarcação que trazia legumes, frutas, hortaliças e outras mercadorias das roças de Irajá pelo canal da Pavuna e levava até o Cais Pharoux, pro mercado da Praça Quinze.

Era uma mulher muito respeitada. Mas, também, pudera! Tudo quanto era barqueiro, marinheiro, estivador — até comandante de navio — a respeitava. E não tinha um brutamontes desses da beira do mar que não se assustasse quando ela gritava, com aquela voz de buzina de navio. Ela podia derrubar uns dez deles com um dos braços nas costas. E eles sabiam disso.

Mas tinha muito bom coração, a minha comadre! Era incapaz de negar um pedaço de pão a um faminto, um copo d'água a um sedento; de fazer um favor a um necessitado. E, aí, nesses casos, era pau pra toda obra.

Um dia, a barca por nome *Venturosa*, que estava saindo da ponte do Cais Pharoux com mais de duzentos passageiros, explodiu. O mestre gritou dando a partida; e mal as pás das rodas tinham tocado a água, a gente escutou um barulho assim feito um silvo, um chiado fino, e tudo

29

começou a pipocar e explodir. A caldeira tinha arrebentado. No começo ninguém viu nada, só aquela fumaceira cobrindo a barca toda. Mas se ouviam muitos gritos e gemidos, horríveis, de dor, muita gente chorando e pedindo socorro.

Deu tudo no jornal. Lê só aqui:

> Dissipado o fumo, terrível espetáculo descortinou-se. O convés estava arrombado e no centro do porão, cheio d'água fervente da caldeira, boiavam corpos humanos de mulheres, crianças, moços, velhos, brancos, pretos, todos misturados. Alguns morreram instantaneamente, e estes foram felizes; outros, esforçando-se por sair da medonha fornalha, agarraram-se a ferros em brasa e tornaram a cair na caldeira. Num instante o mar estava coalhado de cadáveres ou de pessoas que procuravam se salvar; algumas conseguiam chegar à praia, outras eram recolhidas por faluas. Não poucas morriam afogadas. Outras, com pedaços de carne pendendo dos membros, o corpo todo em chaga viva, sobreviviam algumas horas ainda. Logo depois da explosão, caiu a chaminé e o mastro grande e, com eles, o toldo, que veio abafar as vítimas e aumentar o perigo, porque as labaredas espalhavam-se.

Foi aí que a comadre — que estava no mercado tratando de seus negócios — apareceu, já com a roupa encharcada, suja e rasgada, mostrando quase tudo daquele corpaço preto e luzidio, agindo e dando ordens:

— Ali! Vamos! Arranca essa pinoia dessa lona! Quebra! Rasga! Tem gente cozinhando na água salgada feito siri... Vocês não estão vendo, seus frouxos?!

Parecendo enlouquecida, ela começou a rasgar o toldo com os dentes e depois com uma espada que tomou de um soldado palerma. Com ela estava um grupo de uns dez homens que, tinindo facões, facas, navalhas e até canivetes, estraçalhavam o toldo ao mesmo tempo que recolhiam os náufragos. Depois soubemos que ela e sua turma já tinham salvado muitas outras pessoas. Se não fosse ela, minha comadre Maria-Angu, o número de vítimas teria sido ainda bem maior.

• • •

Quase sempre ela vestia roupas de homem; mesmo porque fazia serviço de homem e trabalhava como qualquer um de nós: puxava uma draga com cabo de aço sem fazer cara feia; podia carregar um barril de farinha em cada braço e rebocar uma chata, como essa daí, até o Porto das Caixas, se fosse preciso. E em momento algum perdia o fôlego ou mostrava cansaço.

E na farra!? Nossa Senhora! Minha comadre bebia mais que qualquer um de nós; e mais que todos os maiores beberrões da beira-mar, da Prainha até o Canal da Pavuna; de São Domingos até Piedade de Magé! Ela tinha capacidade pra derrubar um barril de cerveja e rebater com 3 litros de parati, sem parar. Às vezes, já bem alta, ela chegava a um lugar e desacatava os homens. Aí, quem reagia entrava no cacete, que ela dava mesmo, sem pena. Então ria, ria, ria, como uma doida. Porque só fazia isso pra se divertir.

Mas tinha vez que ela queria e conseguia ser mulher. E mulher mesmo, de verdade. Então, se transformava num pedaço de crioula pra quatrocentos talheres, com todos aqueles quase 2 metros de tesão, e quase um quarto de tonelada de desejo. Era de fato sedutora e atraente de várias formas.

Parecia que era uma coisa de lua, de maré. E quando era assim, ela de fato vivia pro amor. Tanto que pariu e criou doze filhos, pretos como carvão, grandes e fortes como ela. O mais interessante é que eram iguaizinhos... porque eram gêmeos. Tem gente que diz que eles eram filhos de uma serpente negra, africana, que morava lá no fundo da baía e que, de tempos em tempos, vinha, na forma de um arco-íris, emprenhar uma mulher daqui pra preservar sua espécie. Mas eu, pessoalmente, acho isso uma tremenda bobagem...

Maria-Angu havia tido outros filhos também. Mas deu todos. Porque gostava era dos gêmeos. Principalmente pelo trabalho que deram pra nascer; um atrás do outro, em pouco mais de uma hora.

Pra ter neném, ela bebia uma garrafa de cachaça e se deitava; em qualquer lugar. Quando acabava, virava outra garrafa e voltava pro trabalho. E com essa mesma disposição, teve uma de suas maiores ideias.

Foi quando, aproveitando a Festa da Penha, ela fretou uma barcaça da Companhia Inhomirim. Enfeitou-a toda, de bandeirinhas, lanternas, guirlandas, colares de rosca, e pintou por cima do nome, um outro: *Escandalosa.* Aí, encheu a barcaça com as melhores, mais desejadas e mais caras mulheres dos puteiros de Irajá e Inhaúma — Lurdes Boi; Nega Regina; Anália Bariri; Maria Mandubira; Custódia da Casa... Arregimentou damas até na rua do

Ouvidor; e aí vieram Grisette, Lolotte, Chacrette, Marly D'Arcy, Lili Marlene... Que ganhavam mais de 100 mil-réis cada uma para distraírem os homens por trinta, quarenta minutos. Com essas moças, pretas, mulatas, índias, caboclas, francesas e até portuguesas, minha comadre inaugurou seu bordel flutuante. E de vez em quando dava também uma ajuda, uma canja, pois era tão boa de cama quanto boa de trabalho, briga e bebida.

Nessas ocasiões, ela trajava finos vestidos longos, quase sempre de seda vermelha, com plumas escarlates nos cabelos crespos. E, então, usava um longo colar de muitas voltas, em que as contas lembravam todos os olhos, orelhas e narizes que ela havia arrancado dos seus inimigos ou amantes. Tinha uns 10 metros de comprimento. Nele, ela só homenageava os homens brancos que teve em seus braços, nas lutas ou no amor. Porque se fosse contar também os pretos e mulatos... Ih! Não ia ter colar que chegasse!

Nesse espírito, ela criou o seu bordel flutuante. Que, nos domingos de outubro, animado pelo Choro do Carrilho, levava o fim de semana inteiro subindo e descendo o lado de cá do Recôncavo, parando nos portos, praias e ilhas onde houvesse homens sem mulher: Gamboa, Saco do Alferes, Praia Formosa, Praia de São Cristóvão, Retiro Saudoso, Ponta do Caju, Sapucaia, Bom Jesus, Ilha do França, Ilha do Ferreira, Ilha do Catalão, Ilha das Cobras, Ilha do Baiacu, do Fundão, Porto de Irajá. Daí voltava. Nessa volta, muitos passageiros ficavam no porto da comadre, de onde pegavam o trem ou um carro de boi pra ir pra Festa da Penha. Outros seguiam na patuscada: Inhaúma, Praia de Apicum, Ilha Maruim, São Cristóvão, Praia Formosa...

Era o Amor navegando nas águas da Guanabara. Até que o padre Roma soube da história e acabou com a farra.

Padre Rolando Roma era o pároco da Igreja da Penha e responsável por todas as outras da freguesia de Nossa Senhora da Apresentação do Irajá. Por isso era muito poderoso, inclusive junto aos políticos, negociantes e donos de terra. Ele mesmo tinha muitas terras e era dono de vários negócios aqui, sendo ministro da Igreja e de outros ministérios, como os da Justiça e da Fazenda. Enfim, era o mandachuva de toda esta vasta freguesia.

Um dia, minha comadre viu chegar à praia, montado a cavalo, o padre Roma, que foi logo lhe passando uma descompostura:

— Ahnnn!... Pelo jeito, tu é que és a famigerada Maria--Angu, não é, negra?!

Minha comadre sabia quem ele era; e não se intimidou:

— Rosa Maria da Conceição, seu padre! Posso ajudar em alguma coisa?

O padre, mesmo em cima do cavalo, tinha os olhos quase na mesma altura dos olhos dela:

— Foi pra isso que tu compraste a carta: pra ser forra e viver na libertinagem, promovendo bacanais, saturnais pagãs em plena baía? Te alforriaste pra chafurdar no vício, na lama, no pecado mais abjeto? Ahn?

Ela não entendia bem aquele palavrório. Mas sabia que não era elogio:

— Vosmecê, seu padre, tinha é que ter mais educação e mais respeito. Eu sou preta, sim, e já fui cativa. Mas agora sou livre e ganho o meu dinheiro com o suor do meu corpo; a parte não importa.

O padre perdeu as estribeiras:

— Cala essa boca suja, negra demoníaca! Cala-te! Já! Antes que eu...

O cavalo empinava. Padre Roma, segurando o bridão com a mão esquerda, o continha. E com a outra, vibrou no ar o chicote. Ah! Pra quê? O mundo virou de cabeça pra baixo. Minha comadre ficou pequenininha, abraçou as duas pernas dianteiras do cavalo e dobrou. O bicho caiu de joelhos e o padre se estabacou no chão, amaldiçoando lá na língua da missa:

— *Tu venis ad me cum gladio et hasta et clipeo: ego autem venio in nomine Domine exercitum, quem probris ausus es lacessere!*

Ele queria dizer que ela estava armada de espada e lança — o que era mentira —, mas ele era mais forte porque vinha em nome de Deus. O que não adiantou nada... Eu não estava lá. Mas quem viu disse que a comadre deu uma tunda, uma coça daquelas no padre; que não teve outro jeito senão fugir correndo, amaldiçoando e xingando:

— Preta sem-vergonha! Apóstata! Messalina de Betume! Luterana! Vou acabar com a tua raça! O chefe de polícia é meu amigo! Hoje mesmo vou falar com ele; e vou fazer tua caveira! Crioula filha da puta!

Nessa época, o chefe de polícia do Rio era o promotor Sampaio Rocha, que estava dando uma dura na vagabundagem da cidade, de olho nas maltas da capoeiragem, prendendo e mandando pra longe — dizem que até mandava jogar no mar. Padre Roma era seu amigo.

Só que, ao contrário do que dizia o povo, o dr. Sampaio era um policial culto, instruído, arguto, desses que preferem investigar, apurar, em vez de partir logo pra palmatória, pro castigo, pro "vamo ver", pro "vem cá, meu nego". E por isso, em vez de ir ter direto com minha comadre ou chamá-la à sua presença; e sabendo que a especialidade dela, muito mais do que a guerra, era o amor, destacou para aquele caso o mais bonito, mais elegante, mais delicado e mais perfumado de seus investigadores.

Chamava-se Azevedo: Anfrísio Azevedo. Tinha 26 anos e seria um tipo perfeito de brasileiro não fossem os olhos. Cabelos muito pretos, lustrosos e crespos; pele amulatada, mas fina; dentes claros que reluziam sob a negrura do bigode; estatura alta e elegante; pescoço largo, nariz direito e fronte espaçosa. A parte mais característica de sua fisionomia eram os grandes olhos azuis, contrastando com a pele bem morena. Se não bastasse, tinha os gestos muito educados, sóbrios, falava em voz baixa, distintamente, vestia-se com seriedade e bom gosto... E todo o seu corpo trescalava um aroma exótico, oriental e europeu; indefinível.

Quando minha comadre bateu os olhos naquele homem... Ah!... Os serafins cantaram hosanas; os querubins sopraram todas as cornetas; os órgãos da serra, lá no fundo da baía, vibraram todos os tubos, na mais bela das aleluias.

Azevedo parecia mais um pesquisador científico do que um auxiliar do chefe de polícia. Muito educado, perguntava com delicadeza e anotava tudo numa caderneta. Maria oferecia café, bolo, pamonha, mãe-benta...

A casa, que o povo chamava de "Zungu de Maria--Angu" ficava lá naquele canto. Era baixa, caiada, uma parte de tijolos, outra de estuque, sopapo ou pau a pique.

Mas tinha uma varandinha, um pequeno alpendre. E, nos fundos, um quarto, com cama sempre feita. "Pra todas as necessidades dos fregueses", como minha comadre dizia.

O moço bonito quase todo dia ia lá. O trabalho já durava mais de uma semana. E Maria cada vez mais solícita, mais alegre, mais sorridente, mais enfeitada... E até mesmo mais bonita. E o rapaz se inteirando dos hábitos da casa, observando os frequentadores, as "meninas". Até já pedindo pratos, bebidas, dando sugestões. E a comadre toda derretida.

Até que um dia ele aconselhou Maria a deixar o porto e ir pra um lugar mais sossegado. Minha comadre nem pestanejou. Mesmo porque já não pensava mais em pegar no pesado, transportando mercadoria: agora, o que ia de vento em popa era o seu comércio. E os filhos moravam no Internato de São Bento.

Então, saiu à procura e achou; na Ilha do Fundão, mais pro meio da baía, mas quase em frente ao porto. Pra onde, depois de cuidar de tudo sozinha, se mudou como se fosse para uma lua de mel.

• • •

Agora, o estabelecimento era uma casinha feita de taipa e com telhas de olaria. A varanda era aberta pelos três lados, também coberta de telha e com o teto sustentado por troncos de árvores. As paredes eram caiadas, e o chão foi coberto com uma aguada de cimento e pintado com vermelhão, à guisa de assoalho. No "salão", três mesas de tronco de árvore com os banquinhos. Num canto, uma armação de tábuas contendo garrafas, botijas, latas de fumo em pó. No outro, dependuradas, algumas cordas de fumo de rolo, réstias de cebola e uma manta de carne-seca.

O interior era pudicamente protegido por um cortinado de chitão. Mas o que chamava mesmo a atenção era na portada caiada de branco a placa com o nome do estabelecimento: A VITORIOSA.

Dava gosto de ver e de estar lá. Assim, a venda virou um dos pontos mais conhecidos, visitados e frequentados da baía, recebendo fregueses que chegavam de barco das ilhas do Baiacu, das Cabras, do Ferreira, do França, Bom Jesus, Sapucaia, da Ponta de Santo Antônio... De tudo quanto era canto. Só que agora não tinha mais "as meninas", pois minha comadre se considerava noiva do moço bonito e por isso acabou com a "patifaria", como costumava dizer.

Mas ele agora, passados vários meses, cada vez ia menos. Já não era tão delicado como antes; e já nem comia mais nada. Até que um dia aconteceu:

— Dona Maria, eu terminei o meu trabalho e preciso lhe dizer uma coisa muito séria.

Pelo jeito dele, minha comadre percebeu que era coisa séria mesmo. Mas não imaginava o que podia ser.

— Eu me aproximei da senhora a mando do dr. Sampaio, para investigar uma grave denúncia; e esclarecer sobre sua vida e saber realmente quais eram suas intenções e objetivos; e qual era o grau de sua periculosidade. Pela notícia-crime que chegou à polícia, a senhora seria a articuladora, no Brasil, de uma rede monarquista, de âmbito internacional, empenhada em trazer de volta ao poder a dinastia de Bragança, mancomunada com as casas de Habsburgo e de Bourbon.

O corpo foi colocado numa urna preta feito carvão; e trazido até aqui o cais em um coche negro, puxado por seis cavalos de pelo negro como veludo. Seus doze filhos, retintos, caminhavam seis de cada lado, todos inteiramente vestidos de preto.

Chegando aqui, a urna, carregada pelos filhos, foi colocada numa chata como aquela ali, só que toda pintada de betume; e que quase nem se via, pois a noite era de uma escuridão só, sem lua nem umazinha só estrela no céu. Acomodada a urna, os doze filhos a foram empurrando na direção da barra; seis de cada lado. E foram entrando, entrando, entrando... até desaparecerem pra sempre.

Não tinha mais ninguém no cais. Só eu... Aliás, minto! Só eu e um marinheiro americano, de cor, de Nova Orleans, no estado da Louisiana. Então, só eu e ele é que podemos contar a história de minha comadre Maria — Maria-Angu, como era conhecida. Pode ser até que lá no rio Mississippi, e em outras águas, ela tenha ganhado outros nomes. Mas o nome dela mesmo era Rosa Maria da Conceição. Minha comadre, coitada!

4. VALONGUINHO

Para Luiz Antonio Simas e Zeca Ligiéro,
mestres da Encantaria

Pouco mais de 1 metro de altura, encurvado, membros atrofiados, olhos mortiços, boca sempre aberta, ele era — como se dizia — um resto deixado no velho mercado de escravos. Ninguém nunca o quis ou reivindicou; e ele, escorraçado como um cachorro, chutado como um embrulho sem serventia, foi ficando por ali, sobrevivendo de sobras, e cumprindo alguns mandados, quando não havia ninguém para fazê-lo.

Não falava, ou por um defeito congênito ou por uma patologia social; e não tinha nome: era sempre o moleque, o negro, o preto, o coisa, o miquimba. Até que, quando começou a aparecer nos trapiches do Saco do Alferes, do Caju, em Maria-Angu e até nas ilhas, acabou sendo nomeado "Valonguinho". Também não se sabe se é verdade que esteve entre os quilombolas do Zumbi da Ilha, como reza a lenda — aliás, num anacronismo desconcertante.

Não se sabe, mesmo, se fazia algo mais do que vagar daqui pra ali, de lá pra cá, cumprindo ordens. Mas parece que, na Guerra de Floriano, aí sim ganhou dimensão de ser humano, lutando, não se sabe a razão, a favor da ordem, mal ou bem, constituída.

O fato é que a escravidão desumanizava qualquer um.

Já nos trapiches do Valongo, homens, mulheres e crianças ficavam o dia inteiro sentados ou deitados, encostados às paredes, às vezes saíam à rua. Seu aspecto era horrível: o bodum, a catinga que exalavam aqueles corpos infelizes era tão forte e desagradável que, a não ser que se estivesse acostumado, era difícil até passar perto.

— Era um horror! Quando eu conheci lá o depósito, encontrei centenas deles praticamente nus; quase todos; homens e mulheres. Tudo com as carapinhas rapadas, naquela fedentina medonha. Ficavam sentados em bancos baixos ou amontoados no chão. A aparência dava medo.

— Eu fui lá também. Todos, machos, fêmeas, filhotes andavam praticamente nus, só com um molambo encardido envolvendo a cintura e com unguentos pelo corpo pra disfarçar as feridas. Comiam sempre o mesmo: uma tamina de feijão duro, farinha e carne-seca.

— Tinham também frutas, como laranjas apodrecidas, bananas machucadas e outras da terra, quase sempre em restos. E quase nunca se queixavam. Ou o faziam, quem sabe? — encostados à parede, geralmente de cócoras, ao redor do fogo, cantando aqueles corinhos estranhos, batendo aquelas palminhas compassadas, feito criança pequena.

— A maioria dos que eu vi eram crianças, meninos e meninas. E quase todos tinham marcas de ferro quente no peito ou em outras partes do corpo. Devido à sujeira dos navios e à qualidade da comida, tinham sido atacados por doenças de pele. Primeiro apareciam pequenas manchas; que logo se abriam em feridas. Com aquelas fisionomias abobalhadas, pareciam criaturas de outro mundo. E, em sã consciência, ninguém reconhecia aquilo como gente. Era uma coisa medonha...

No Valongo, quando chegava um comprador, quase sempre cercado de ciganos, calçados de botas, brincos nas orelhas e chicotes — cada um tentando convencer o comprador de que sua mercadoria e seu preço eram melhores —, os negros se agitavam, se alegravam e se ofereciam à venda. Mas quando o negócio era fechado, era aquele desespero: irmãos separados; filhos arrancados dos pais, casais desfeitos... E, de um modo geral, aquilo era para sempre: nunca mais parentes, amigos, maridos, mulheres... Nunca mais.

Valonguinho assistiu a muitas dessas cenas. Mas jamais esboçou qualquer expressão de tristeza ou alegria. Sozinho veio, sozinho ficou, sozinho foi se desfazendo, assim, sem parentes, sem amigos, sem idade, como um cão da rua, como uma pedra do cais. Talvez fosse melhor morrer ali mesmo e ali mesmo ser enterrado. Junto com os milhares de pretos novos que já chegaram quase sem vida ou, de modo inapelável, condenados à morte e ao esquecimento.

Pobrezinho! Ele era apenas um demente jogado no porão de um navio por acaso e descuido, num bolo de cativos num mercado qualquer da Costa d'África, talvez na Mina, talvez em Cabinda, São Paulo de Luanda, São Filipe de Benguela.

Veio entorpecido, deitado o tempo todo, sem nenhuma noção de nada, e sem jamais ser notado. E se acaso fosse percebido e carregado para o convés, certamente não conseguiria nem ficar de pé. Nem sequer pressentia os para mais de duzentos semelhantes em desgraça, subindo a escada de rastros e aos empurrões, sufocados pelo ar empestado e implorando por pelo menos um gole d'água que lhes iludisse a sede. Mal distinguia o zumbido daquele enxame de abelhas tontas saindo pelo buraco da colmeia, enchendo todo o convés, da proa a popa. Mal sentia o pesado cheiro azedo que vinha dos moribundos e mortos amontoados em uma só massa.

Em cima, num canto a bombordo, um grupo nos últimos estágios da exaustão. Embora tivessem conseguido rastejar até o lugar onde a água fora brevemente oferecida, na esperança de um gole do líquido essencial, incapazes de retornar a seus lugares, jaziam prostrados ao redor da tina vazia. Em outro canto, a estibordo, outros exibiam sinais dos mais diversos males: a bouba, que manchava a pele, produzindo inchaço no pescoço; as bitacaias, que roíam os entrededos naquela comichão dos infernos e davam causa ao ainhum; o gundu, que descarnava os narizes; a caquexia do Egito, deixando o infeliz só pele e osso, como múmia desenrolada; a frialdade... Um verdadeiro catálogo das doenças africanas fazendo sua sinistra e ceifadora entrada em águas do Brasil. E além delas, moléstias como as bexigas, o sarampão, a morfeia, a disenteria, que já vinham de outros continentes e paragens.

Alguns já chegavam cegos; outros, esqueletos vivos, incapazes de suportar o peso dos próprios corpos, eles vinham. Mães com crianças pequenas penduradas nos peitos, mas incapazes de dar a elas uma gota de leite. Uns menos, outros mais; porém todos feridos ou chagados. As escoriações provinham de estar deitados sobre o soalho durante tanto tempo. O mau cheiro, de fato insuportável, anunciava doença, deficiência, miséria.

Por todos os lados, rostos esquálidos e encovados tornados ainda mais hediondos pelas pálpebras intumescidas. Em quase todos, a expressão de completo estupor. E, quando não, olhares vagando penosamente ao redor, apontando com os dedos suas bocas crestadas ou seus olhos purulentos daquele mal, apelidado "dordolhos", do qual a maioria parecia sofrer. No mais, eram figuras reduzidas a pele e osso, curvadas pela postura que foram forçadas a adotar na falta de espaço, e que o doloroso enrijecimento das juntas as obrigou a manter.

• • •

— Mas antes do Valongo era pior. Minha avó contava que, ainda bem menina, ela morava na rua Direita, perto do Oratório da Pedra e do portão da Alfândega. Então, ela via quando eles chegavam na cidade ou iam pro interior. Naquela época, havia aqui o costume de desembarcar os negros e fazê-los entrar pelas ruas principais. E olha que eles vinham não só carregados de doenças, mas também nus, completamente nus, homens e mulheres.

— Devia ser um espetáculo interessante...

— Interessante? Era dantesco, minha filha. Horripilante.

— Hmmm... "Legiões de homens negros como a noite..."

— Eram verdadeiros animais. Faziam tudo, literalmente tudo o que a natureza mandava, ali, no meio da rua. E daí, não só ofereciam o espetáculo mais terrível que o olho humano pode testemunhar como causavam a pior espécie de mau cheiro.

— Ora... Eram aulas de fisiologia a céu aberto. Gratuitas. Para ensinar aos leigos o que não sabiam...

— E não deveriam saber! E o pior é que tudo isso era permitido sem qualquer restrição, e apenas para render o ganho absurdo que os mercadores de escravos, donos desses rebanhos, obtinham por trazê-los para os andares térreos ou despensas sob as casas onde viviam.

— Quem quer vender tem que mostrar.

— O marquês do Lavradio foi que acabou com essa pouca-vergonha. Foi ele que decretou: quando os escravos fossem desembarcados na Alfândega deveriam ser enviados em botes ao Valongo, que fica quase lá no Saco do Alferes, separado de todo o contato; e que as lojas e armazéns de lá é que deveriam ser utilizados como o mercado de escravos da cidade.

• • •

Valonguinho veio sem saber de nada. Cresceu um pouquinho, sem sentir, como um bicho, comendo restos, sendo enxotado. Depois passou a ser utilizado em pequenos serviços no próprio Valongo, sem nunca ser vendido nem comprado. Quem iria comprar um traste? Mas desenvolveu a habilidade de nadar, feito um cachorrinho, com extrema velocidade. E com isso foi útil na Revolta, quando morreu como herói.

No bombardeio do Aquidabã, em 1º de dezembro, foi ele que se pôs à frente do almirante Custódio de Melo, evitando que este morresse. Ninguém sabe como ele foi parar no navio. Mas o herói foi ele; e ninguém mais. Morreu como herói. Os jornais chegaram até a propor sua condecoração *post mortem*. Mas o marechal era pragmático, positivista:

— Como? Então a República vai condecorar um símio?

Sua Excelência disse isso em tom cavo, soturno, profundo, como era de seu feitio. Mais não disse. E alongou o olhar na direção do Campo de Santana, estendendo-o até a esquina da rua do Areal, ao velho solar do conde dos Arcos — onde foi assinada a Lei Áurea; e onde o futuro um dia vai fazer instalar uma respeitável Faculdade de Direito.

Ad perpetuam rei memoriam (Para que ninguém esqueça)... Quando o professor Souza Lima assumiu a cátedra de medicina legal, os exames periciais de corpo de delito já eram usuais no Brasil. Mas foi ele quem desenvolveu o ensino prático em laboratório, e inaugurou o primeiro curso de tanatologia forense, ministrado no necrotério da polícia. Essa matéria estuda a morte e o morto; e também o destino legal do cadáver e os direitos sobre ele.

Sobre o destino do Valonguinho, os partidários de Floriano achavam que deveria ser a vala comum, sem maiores complicações. Mas o dr. Souza Lima entendia que aquele era um ser humano especial, por suas características morfológicas e comportamentais; e por isso seu corpo seria uma fonte importante de estudos, devendo constituir-se em um patrimônio da ciência brasileira.

Então, depois dos procedimentos da necropsia (análise externa do corpo, abertura das cavidades e exame interno, retirada dos órgãos lesados, remoção do cérebro e fechamento), Valonguinho foi submetido a um processo de embalsamamento com injeção de formol nas artérias. Aí, estava pronto para prestar mais um serviço à pátria brasileira.

— Vejam, meus caros, na prática! A medicina legal, na advocacia, e sobretudo na advocacia criminal, é de suma importância. Isso porque, em muitos casos, há a necessidade de se interpretarem laudos, exames... A matéria, então, é muito importante para o exercício profissional para os senhores, futuros doutores das leis, como advogados, juristas, peritos, investigadores...

— Assim espero, Mestre!...

— Nas nossas aulas nós vamos falar muito em Enrico Ferri, Raffaele Garofalo... e sobretudo em meu dileto colega Cesare Lombroso, da Universidade de Turim, que infelizmente faleceu no ano passado. Se não fôssemos cientistas, tanto ele quanto eu poderíamos pedir, como os crentes, que Deus o conservasse em sua santa paz. Mas não é o nosso caso...

Souza Lima se empavonava todo.

— Lombroso partiu da ideia de uma completa desigualdade biológica e fisiológica entre os homens de bem e os criminosos. Nas suas pesquisas, ele estava certo de encontrar no organismo humano aqueles traços diferenciais que separassem e singularizassem a delinquência. E atingiu seu objetivo. Assim, ele extraiu da autópsia de criminosos *uma grande série de anomalias atávicas, sobretudo uma enorme fosseta occipital média e uma hipertrofia do lóbulo cerebeloso mediano, análoga à que encontramos nos seres inferiores.*

No fundo da sala, no canto esquerdo, um aluno encostado à parede de azulejos cabeceia de sono, quase dormindo em pé.

— Lombroso defendeu e comprovou a existência de afinidades entre o criminoso e os animais. E essas semelhanças são claras no tipo primitivo de ser humano, ainda bem próximo dos primatas, como é o caso deste ilustre exemplar que temos hoje aqui à disposição do nosso olhar rigorosamente científico. Observem, caros alunos! Temos hoje a felicidade de poder contar com um exemplar mais do que eloquente. Vejam! Ventas chatas... o ângulo facial obtuso... o mento inexpressivo... os grumos da carapinha secos e enroscados. Observem bem!

O cheiro de clorofórmio inunda a sala branca e fria.

— Pelos meus cálculos, ele tinha 48 anos. E deve ter chegado ao Valongo um pouco antes da Lei Eusébio, numa das últimas levas que vieram da Costa. Observem como é um autêntico primata. Observem a forma e a dimensão anormais da calota craniana e da face... Vejam os molares proeminentes, as orelhas grandes e deformadas, a dissimetria corporal, a grande envergadura de braços, mãos e pés. Certamente, era bastante insensível à dor; tinha requintes de crueldade... Deveria ser também avesso ao trabalho, instável, supersticioso...

E de tendências sexuais exacerbadas. Observem, aqui, como teve o apêndice caudal seccionado.

O Mestre exibe o alegado detalhe com um prazer evidentemente sádico.

— O povo de onde provavelmente veio é ainda conhecido como niam-niam. E esse *niam-niam* nada mais é do que a onomatopeia do ruído que seus indivíduos fazem ao comer carne humana. Eles acreditam que, comendo a carne de outra pessoa, adquirem as qualidades da vítima. E é isso que ainda fazem, inclusive na capital federal. Aí por esses matos do sertão carioca, o baixo espiritismo, a chamada "macumba", ainda campeia solta, entre os pretos mais atrasados. E nesses antros, além da exploração da boa-fé dos ingênuos, ainda há relatos de canibalismo.

O professor Estácio Gondim não chega nem aos pés do douto Souza Lima, por quem nutre uma inveja corrosiva. Mas impressiona. A vasta cabeleira, o bigode cheio, o olhar certeiro por trás dos óculos redondos, aliados à voz que retine como um sino de bronze, contribuem para a fixação de seus ensinamentos na mente dos jovens alunos. E, na aula de Teoria Geral do Estado, ele completa a doutrinação:

— Não tenham dúvida, senhores: a queda do Império Romano deveu-se ao fato de os governantes de Roma se descuidarem da manutenção e preservação de sua superioridade racial.

— Uma pergunta, professor! — O aluno do curso noturno quer compreender melhor.

— O senhor, por favor, não interrompa a aula. No final, se me sobrar tempo, responderemos às questões colocadas. Tsc! Onde estávamos mesmo?

— No Império Romano, professor — outro aluno tenta ajudar. Mas o piadista de gravatinha-borboleta não perde a deixa.

— Nos braços de Messalina, senhor catedrático!

— Silêncio, senhores! Exijo que respeitem esta cátedra. — O mestre tenta neutralizar o efeito da piada, que provoca um rastilho de risos disfarçados.

— O senhor falava de superioridade racial, mestre.

— Ah, sim... Como eu dizia, as raças surgiram em diversas regiões do globo, sob condições diferentes; e, assim, não podiam mesmo deixar de possuir aptidões de valores diferentes. Por isso é que existem raças superiores e inferiores. Estas, em milhares de anos, não saíram da barbárie, nada criaram além de uma rudimentar forma de vida selvagem, apesar de viverem em ambientes favoráveis.

— E os romanos, professor?

— É verdade... O que eu queria dizer é que os romanos, quando se miscigenaram, se misturaram com os povos que venceram, absorveram sangue das raças derrotadas; e isso foi a causa do seu enfraquecimento genético e da derrocada do seu Império.

— Com todo o respeito, professor... — O aluno do curso noturno, que ocasionalmente assistia à aula da tarde, levanta-se e inicia um discurso exaltado. — O Império Romano caiu porque era muito grande, tinha dificuldade de mão de obra, e daí veio a crise na produção de alimentos...

— O senhor me respeite!

— ...que gerou a queda da arrecadação de impostos, veio a falta de dinheiro, que gerou a instabilidade política...

— Chamem o bedel, chamem o bedel!

— A corrupção crescia... E aí veio o cristianismo... A soma disso tudo foi que enfraqueceu o Império Romano e facilitou a invasão dos bárbaros. Não tem nada de raça nessa história. Passe bem, professor! Nos encontramos na prova final. — O exaltado sai e bate a porta com estrépito.

Estácio Gondim dá aula de Teoria do Estado. Mas sua cachaça, mesmo, é a Ciência Penal, sobretudo no que diz respeito à Criminologia. Sabe tudo sobre delitos, penas, agravantes, atenuantes, dolo, culpa, causas e efeitos. Tem teorias muito próprias para reprimir e conter a delinquência, em todos os seus aspectos, e desenvolveu algumas práticas. Todas baseadas em princípios estritamente científicos, como gosta de afirmar.

— Caros alunos, esse colega de vocês, que acaba de se retirar, é um típico mestiço neurastênico do litoral, como mencionou Euclides da Cunha. Concordam comigo?

— Perfeito, mestre. Ele já saiu. — O aluno do canto esquerdo procura amenizar o desconforto.

O professor disfarça bem, mas termina sua aula bastante perturbado. Vai à secretaria, despe o guarda-pó e veste o paletó por cima do colete; cumpre as formalidades burocráticas de seu cargo; despede-se e se dirige à saída, quando é respeitosamente abordado por dois alunos.

— Que maçada, hein, professor! A aula de hoje foi cansativa, não? Permite que eu leve a sua pasta?

O mestre entrega a pasta de couro e o vade-mécum ao provável candidato a assistente. Com as mãos livres, saca a cigarreira do bolso interno do paletó, abre, tira um cigarro, leva-o à boca e acende, sem oferecer.

— Ah! Essa questão ainda provoca polêmica, meu rapaz. Mas a verdade já começa a ficar evidente.

— A cor preta nunca me agradou, mestre. — O aluno sem pasta também quer agradar o professor. — Ela não é uma síntese, como a branca. É a própria ausência de cor, na série prismática. O senhor não acha?

Os três descem cuidadosamente a escadaria de mármore.

— Sim, claro! Luto, trevas, fumo... Tudo isso forma um complexo que vem lá da infância.

Chegam ao ponto do bonde. Estácio Gondim dá a última tragada e joga fora a guimba do segundo cigarro fumado em menos de meia hora. E o faz com um peteleco, no melhor estilo dos capadócios da Saúde. O assistente assume o discurso:

— Na fazenda dos meus avós, os escravos eram tratados como seres humanos. Tanto que em 88, eles continuaram na fazenda mesmo; e muitos ainda estão lá, agregados à família. Mas, francamente, professor, isso de cruzamento... Eu nunca receberia com agrado um casamento desigual em minha família.

O mestre concorda, acendendo outro cigarro.

— O senhor tem razão. Os mestiços, principalmente no Norte, estão se criando cada vez mais desnutridos, doentes, preguiçosos e estúpidos. Vejam o exemplo do rapaz que abandonou a sala hoje, naquele rompante.

— Foi um exemplo típico.

— Eles são assim mesmo, complexados, agressivos. E a maioria ainda acredita em manipansos, fetiches...

A afirmação do professor desperta uma lembrança no moço bonito:

— A propósito, professor... As gazetas têm falado num santo novo que anda fazendo milagres lá pros lados da Saúde e da Gamboa.

— É mesmo? Que santo é esse?

— Dizem que é o espírito daquele moleque morto na Revolta. O tal que o povo chamava de Valonguinho.

Estácio debocha:

— Ah, é? Eles canonizaram rápido o negrinho, hein? Mais rápido que o bonde das Águas Férreas...

— Olha o bonde chegando aí, professor! Eis sua pasta e seu livro.

O motorneiro para cuidadosamente o veículo, para receber o ilustre professor dr. Estácio Gondim e conduzi--lo até sua aprazível morada nas Laranjeiras, onde sonha gozar, daqui a pouco, entre seus milhares de livros, a aposentadoria que fez por merecer.

— Uma boa noite pra vocês, rapazes! Obrigado pela companhia.

Mal sabe o delicado motorneiro que o douto lente da faculdade também tem ideias não muito boas sobre a colonização lusitana do Brasil. Para ele, as "imensas qualidades dos portugueses degeneraram no brasileiro, em consequência da mestiçagem e da promiscuidade em que eles viviam com negros e índios". Assim pensa, lá dentro do bonde e da alma, o professor Estácio Gondim, como prova um de seus artigos publicados. Mas o bonde vai parando suavemente até estacionar por completo. E o Antunes, lusitano de Trás-os-Montes, sempre simpático e brincalhão, mas respeitoso, lhe avisa que "acabou o conforto".

O bonde chegou à estação das Águas Férreas, aonde já chegou também a fama do "Santinho da Saúde". Que sempre é assunto no Morro da Conceição:

— A senhora sabe como isso começou?

— Pois é... Ah, não sabe, não? Pois eu vou lhe contar. Tudo começou numa noite em que o Chico Barulho, como sempre, vinha subindo a ladeira trocando as pernas, completamente embriagado, esbravejando, xingando, brigando com alguém que só ele via.

— Coisa triste, meu Deus...

— A noite estava bonita, ainda mais vista daqui de cima, o mar batendo na Pedra do Sal, apesar do cheiro forte da maresia, entrando por dentro da casa da gente.

— Me arrepio toda... Olha aqui meu braço.

— De repente, embaixo de um lampião da Companhia do Gás, ele parou, deu um estremeção como se fosse cair, mas se aprumou, sacudiu a poeira do paletó e começou a falar, com uma voz doce e bonita, que não era a dele: "Bem-aventurados os pobres de espírito, pois eles verão a Deus." Era a alma de um escravo por nome Valonguinho — como nós soubemos depois — que tinha escolhido a matéria do

Chico pra ser o aparelho, e por meio dele se comunicar com a gente. E a partir daí, foi que tudo começou.

— Engraçado... Eu nunca soube disso...

— Eu tenho muita fé nele, sabe? Toda segunda-feira eu vou aqui embaixo, na Igreja da Saúde, acender uma velinha. A "igreja" dele foi pra longe, lá pro subúrbio. Então eu vou aqui mesmo. Chego, acendo uma vela, boto um copo com água e um pratinho de doce. E ainda deixo uma cachacinha. Mas essa é pra alma do Chico Barulho, que também já não está mais entre nós. Deus o guarde!

• • •

O culto ao Valonguinho não se limitou à Saúde e à Gamboa. A crença nos milagres muito rapidamente se espalhou pelas praias e ilhas da baía, chegou até São Gonçalo e Niterói; e, afinal, ganhou as Águas Férreas, a Aldeia Campista, a Fábrica das Chitas... Todo o Distrito Federal. De um pequeno grupo inicial de adeptos, a comunidade religiosa chegou à casa das centenas. A casinha do Morro da Conceição logo ficou pequena, muito pequena. Por isso a "igreja" teve que procurar lugar mais amplo e afastado, pois a polícia já estava de olho. Mudou-se então para o lado oeste da baía, para o Engenho da Pedra. É uma localidade entre o Porto Velho de Irajá e o de Inhaúma, próximo a Maria-Angu. Chega-se lá por via marítima, claro; mas o caminho de terra que vem da estação da antiga estrada do Norte, cortando as terras da Olaria dos Ferreira e das grandes extensões de propriedade do velho Nabor do Rego, também dá lá.

Chico e seus acólitos trouxeram a "igreja", ou seja, o altar, os objetos litúrgicos e os bancos da assistência, além dos objetos pessoais, numa falua, que tomaram lá na Ponta do Caju. Vieram singrando as águas límpidas dos canais e praias de Inhaúma e das ilhas do Fundão, da Caqueirada, do Bom Jesus... Até o Engenho da Pedra.

Lá, num pequeno outeiro, ergueu-se o *Inzó ti Kuxima Monandengue ia Kalunga*, que nos estatutos (buscando registro em cartório, sem sucesso, há mais de três anos) é denominado "Templo de Fé e Caridade Menino Jesus de Angola".

O tata atual, o sexto depois de Chico Barulho, faz absoluta questão de manter a igreja aberta a semana inteira. Às segundas-feiras acontecem as sessões de desobsessão e descarrego, nas quais o líder emprega toda a sua experiência, principalmente na cura de alcoólatras e obsedados. Às quartas acontecem as giras dos orixás, caboclos e encantados; e às sextas, as dos pretos velhos e novos, quando baixa Valonguinho.

O tata explica que, na gira, quando Valonguinho chega, o povo diz: "*Okudeú Messi*, reis Valonguinho." É assim que se salva ele. E a palavra "reis" é falada assim mesmo, no plural, pois ele não é só apenas um rei, mas sim vários, representados em uma única divindade. E diz mais: "A ferramenta, o símbolo, dele é um leme de navio com uma chave passada pelo meio, porque ele — que atravessou os Sete Mares — é que abre os caminhos do mar, da terra e do ar para todos nós. Ele é representado como um menino vestido de azul-marinho, que é a cor do mar; de azul-claro, que é a cor do céu; e de preto, que é a soma de todas as cores. Mas gosta de um lenço vermelho no pescoço e uma flor também vermelha, que não querem dizer nada, mas enfeitam bastante."

No dia de São Sebastião, Valonguinho veste calção vermelho. Como no dia de São Jorge também; só que aí ele é guerreiro, de capa, espada e capacete. Ele desce na umbanda e também no catimbó e na jurema dos nortistas. Quando incorpora, ele vem assim feito um retardado, olhos mortiços, boca aberta, babando... Mas é preciso muito cuidado porque às vezes ele fica brabo. Contudo, apesar da força que tem, ele é amigo dos seus amigos, e rejeita fazer mal a quem quer que seja.

O povo conta a história de um estudante que chegou lá na gira querendo fazer um trabalho pra perturbar um professor que o reprovou por preconceito contra a sua cor. Valonguinho se negou; o seu argumento foi claro: "Deus deu a ele o livre-arbítrio, então ele pode fazer o que quiser, inclusive não gostar de preto."

Valonguinho não aparenta, mas sabe um bocado! E, no seu templo, terças e quintas são dias dedicados a estudos — da Bíblia, do Alcorão, da Torá, do Rigveda e do Livro dos Espíritos — com vistas à elaboração da Suma Valonguiniana, tratado que pretende reunir todo o corpo de doutrina do culto ao "negrinho mártir da Guanabara", como diz a imprensa aliada.

Mas o domingo é que é o grande dia. Nele, o tata, envergando as vestes sacerdotais — alamar, amito, cáligos, casula, cíngulo, cruz peitoral —, empunhando o báculo, mitra na cabeça, envolto na capa magna ou pluvial, sai do templo, passeia em torno, saudando a multidão de fiéis, e retorna para oficiar sua missa, bastante peculiar.

Desde a madrugada o povo já começa a chegar, fazendo da rua uma réplica daquelas que levavam às feiras semanais da Europa medieval. Como naquele domingo, ainda no tempo do Chico Barulho.

É sempre bom lembrar: *Ad perpetuam rei memoriam.* Para que ninguém esqueça...

• • •

Nos restos de uma parede derrubada, uma velha tinha armado sua tenda, na qual vendia cachaça e morcelas, cozidas num fogareiro a carvão. Ao lado dela, outra mulher, um pouco mais nova, assava iscas de tripas, rins e fígados de porco numa grelha. E o cheiro era realmente convidativo. Mais além, um homem gordo vendia vinho verde, em pipas penduradas no dorso de um burrico, por preço muito mais em conta que o das tascas e tabernas. Adiante, a barraca dos milagres, vendendo fitas, estatuetas, broches, camafeus... Tudo do Valonguinho. Nela, estendidos numa corda, encontravam-se os folhetos, com versos que narravam milagres do Santinho: o do paralítico que bebeu a Água Valonguinha, curou-se e se tornou campeão de corridas; o da senhora casada que não conseguia ter filhos, separou-se do marido velho, casou-se com um mais novo que ela e deu à luz trigêmeos; do rapaz que não gostava de trabalhar e conseguiu um emprego público. E "muito mais!", como dizia o propagandista com sua voz amplificada pelo pavilhão de um gramofone velho.

Rua cheia, uma multidão incalculável, a missa já no meio, tudo ia bem naquele domingo, ainda no tempo de Chico Barulho, quando de repente chegou a polícia. E comandada nada mais nada menos que pelo chefe de polícia recém-nomeado, o dr. Estácio Gondim, catedrático aposentado da Universidade do Brasil. Homem forte, destemido e tecnicamente muito bem-preparado, o professor tinha sido nomeado por Sua Excelência o presidente da República para restabelecer a ordem na capital federal. Naquele momento, ainda na ressaca da Abolição, como diziam as gazetas, "a cidade via-se conflagrada pela insubordinação, manifesta nos entrechoques das maltas de capoeiras, pelas rodas de batuque, pela vida pervertida dos zungus, pelos quilombos de calundu e macumba... E sobretudo pela tal igreja do Valonguinho, que, com seus manipansos, fetiches e amuletos, achincalhava os valores cristãos e a soberania da Igreja Católica Apostólica Romana".

O dr. Gondim surgiu à frente de um batalhão de urbanos, armados de clavinotes, trabucos e porretes. Vestia terno de linho branco, calça, colete e paletó, com um lenço vermelho, tinha na cabeça um chapéu-panamá... E gritou para dentro da Igreja:

— Chico Barulho, seu negro safado! Pare já com essa palhaçada que você não é padre e está vilipendiando a Santa Madre Igreja. E por isso eu lhe dou voz de prisão!

A multidão começou a debandar, prevendo confusão da grossa. Mas o tata, sem se deixar intimidar, saiu para o adro e enfrentou o repressor:

— Eu tenho os poderes de Zambiapongo, seu polícia! E represento esses milhares de pobres esperançosos que o senhor está vendo aí fora, seu doutor. O senhor não tem nada que fazer aqui. Então quem tem que sair é o senhor. E eu ordeno: saia, antes que o mal lhe aconteça!

Estácio Gondim meteu a mão na cinta e tirou a garrucha. Ia já ordenar a invasão do templo quando de repente deu um tremelique e começou a se contorcer. A tropa estancou, olhos arregalados. O chefe de polícia cada vez se contorcia mais, e seu corpo parecia encolher. Ele não era alto, mas ficou parecendo muito menor, com pouco mais de 1 metro de altura, encurvado, como se tivesse os membros atrofiados, os olhos mortiços, a boca aberta, babando...

Tata Chico Barulho sorriu, complacente. Aproximou-se da figura, tomou-a no colo, aconchegou-a ao peito, como se fosse um filho que voltava; e o levou para dentro do *Inzó ti Kuxima Monandengue ia Kalunga*... a casa dele.

5. A ESSÊNCIA DA VERDADE

L'amour est l'essence de la verité, de l'ordre, de la disposition des choses, et du mouvement en avant.

Chevalier de Bougainville, 1789

Minha Nossa Senhora dos Navegantes!

Os navios estão formando na boca da barra e apontando pra dentro da baía, vê só! E todos têm no mastro da frente uma bandeirinha vermelha. Que será isso? Confusão, na certa...

Meu Pai do Céu! Olha lá! Já começaram a atirar. O povo está correndo que nem barata tonta. Não podemos ficar aqui, assim. Vamos ali pra trás daquela árvore. Anda, vamos! Eles estão atirando pro forte. Mas, se o forte responder, vai sobrar pra gente.

Ai, meu São Jorge Guerreiro! Vem! Anda! O forte está respondendo. Entra aí mesmo. Se esconde. Ave Maria Puríssima!

Ahn... Espera... Será que Meu Preto está metido nisso? Virgem Santíssima! Está, sim. Claro! Tenho certeza. Brigão do jeito que ele é...

Já pedi tanto a ele pra largar desse serviço. Mas não adianta. Ele gosta de viver assim, nesse perigo. Imagine você que um dia ele estava lá, a bordo, com os companheiros molhando o bico, jogando, falando alto, dando gargalhadas — ele mesmo que me contou. Aí, o oficial de serviço não gostou da farra e, assim, sem mais nem menos, resolveu apelar pra disciplina, pro castigo, pra botar moral.

— Ou vocês param com essa esculhambação ou vão ter que se ver comigo.

— Que esculhambação? A gente tá se divertindo, porra!

— Me respeite, negro! Se não te ponho a ferros já. Quer ver?

— Pode pôr quantos ferros quiser: quatro, cinco, seis... Mas guarda um pra enfiar no rabo da sua mãe.

O pau comeu, claro! Porque nenhum deles é santinho, não, minha amiga! Não tem nenhum pamonha. É quase tudo assim revoltado, brigão, gente braba mesmo. Meu Preto me contou que um dia ele vinha tomar a barca Ferry e viu no Cais Pharoux dois marinheiros engalfinhados, brigando no chão. Meu Preto foi até eles e disse que não brigassem, que aquilo era feio pra eles e pra Marinha. E disse isso porque já vinham chegando dois urbanos, dois soldados de polícia. Aí os brigões se viraram contra ele e os soldados. Os desordeiros eram de dois escaleres da Fortaleza de Vileganhão atracados no cais. Que aí então, quando viram a confusão, todos os marinheiros dos escaleres desceram para entrar na briga também, machucando e ferindo a ele e aos urbanos. Foi um sururu, uma barafunda daquelas. E até gente que não tinha nada com aquilo entrou no pau. Então, depois do que fizeram, daquela alaúza; depois que deixaram tudo em pandarecos, os marujos entraram nos escaleres e fugiram pra Vileganhão. Toda hora tem dessas coisas.

Mas... Espera! Ah! Graças a Deus.

Olha lá. Os navios estão indo embora. Acho que agora acabou. Ainda bem... Mas será que Meu Preto está mesmo num desses navios? Tomara que não! Bom mesmo era se eu chegasse em casa e ele estivesse me esperando, banho tomado, cheirosinho — ele é muito cheiroso! — prum chamego, prum dengo, prum cafuné. Dizem que marinheiro tem um amor em cada porto, não é? Eu não ligo pra isso, não! Porque aqui, neste porto, e em todos os outros desta baía, no Brasil todo, e até no estrangeiro, eu sei que quem manda sou eu.

E mando mesmo, porque inclusive só eu sei da vida dele, todinha. Vê só!

Com 13 anos, um franguinho ainda, ele já estava na Marinha, castigado por um malfeito. Nesses navios, antes quem mandava eram os ingleses. Agora são os filhos e netos deles e outros filhos de famílias endinheiradas. Mas quem trabalha mesmo, pega no pesado, são os pretos, ex-escravos ou filhos e netos de escravos, os sem eira nem beira, sem ninguém pra pedir por eles.

Essa Guerra do Paraguai piorou muito as condições das pessoas de cor, no trabalho, na sociedade, em tudo. Ganhou-se muito dinheiro vendendo e comprando escravos. E agora que acabou a sopa, o dinheiro é gasto trazendo gente de fora pra trabalhar aqui: italiano, alemão, espanhol... E os pretos, depois de servir de bucha de canhão no Paraguai, agora são jogados fora, no lixo!

Eu falo mesmo, e falo alto pra todo mundo escutar. Eu não tenho medo deles, não! Querem me prender? Que prendam. Podem me bater, podem me prender; mas a minha boca ninguém cala, não. Nunquinha!

O preto só tinha valor quando era escravo. Agora, quem tem valor é alemão, italiano, espanhol. Aí, abrem fábrica, estrada de ferro, pra eles trabalharem. Pro preto... Aqui, ó! É a rua, a casa de detenção, o manicômio, a chibata no navio... Mas qualquer dia... Não sei, não... Deixa eu fechar a minha boca, pro meu dente de ouro não ofuscar os olhos do mundo...

Ih! Olha lá! O que é aquilo, agora? Os navios estão indo mesmo embora ou estão só fazendo manobra? O que me preocupa são aquelas bandeiras vermelhas. Será que é uma revolução? Minha Nossa Senhora do Perpétuo Socorro!...

É como eu sempre digo: a implicância é mesmo contra o preto. O mulato disfarçado ainda consegue alguma coisa, principalmente se tem feições finas e cabelo não muito ruim. Aí, passa por branco e consegue entrar numa fábrica e até numa repartição pra trabalhar. Preto? Nem na lavoura. Eles dizem que preto não tem mentalidade nem responsabilidade pro trabalho.

O cativeiro é que foi o culpado disso tudo, e a guerra do Solano López ainda piorou mais a situação. Meu Preto sempre me fala isso. Ele sabe ler e escrever. E diz que os barões sempre botaram a culpa do atraso do Brasil no preto: que preto era isso, que preto era aquilo... Mas a culpa era do cativeiro e não do preto. Inventaram o Paraguai foi pra acabar com os pretos.

Pois é, morreram muitos, querida; mas não foram todos. Então, agora que a guerra acabou, é preciso limpar o terreno pra receber os estrangeiros que estão chegando. Os ingleses vêm com as máquinas, as fábricas, as estradas de ferro. Eles acham que os pretos são motivo de vergonha. Então, "vamos acabar com os pretos"; e botar alemão, italiano, espanhol pra trabalhar no lugar deles.

Eu falo mesmo, e não tenho medo, não! Quero ver me prender! Eu, não pareço, não, mas tenho família, tenho berço. Meu padrasto não é pouca coisa, não! Eu ando assim, sou assim, porque eu gosto. Mas quero ver alguém botar a mão em cima de mim. Quero ver!

E tem outra coisa também — Meu Preto sempre me fala isso —, era muito mais barato, ficava muito mais em conta, trazer trabalhador da Europa pra cá do que comprar escravo na África. Aí, eles inventaram que preto não trabalha, que só quer saber de batucar, dançar e beber parati.

Se você prestar bem atenção, vai ver que até no trabalho pesado já tem estrangeiro: carroceiro, estivador, funileiro, carregador... Ganha-pão que era de preto, agora é de branco que veio de fora: garrafeiro, sapateiro, peixeiro, amolador de faca... E tem mais: o Floriano dá terra, semente, ferramenta pra eles, mas eles não querem trabalhar na lavoura, não. Vem tudo pra cidade, pra trabalhar na tasca, no armazém... E aí ganham dinheiro; e mandam buscar irmão, primo, sobrinho...

Meu Preto sempre conversa sobre essas coisas comigo. Ele é muito inteligente. E é fino, sabe comer de garfo e faca, e de guardanapo. Come devagar, não enche a boca demais, não mastiga fazendo barulho, mexendo o queixo, juntando os beiços. Não! E gosta de comida boa. Como gosta!

No trabalho, no navio, é carne-seca com saltão, feijão com caruncho, farinha seca. Mas em casa, tem sempre um caldo, uma galinha, um molho, um arroz soltinho, uma verdura fresca! E sobremesa também. Eu faço um bolo de arroz salpicado com canela... Hmmm... Ele lambe os beiços. E aí, tem o calicezinho de vinho do Porto, que ele aprecia... E o café, pra rebater. Café passado ali na hora.

Ele, quando cisma, vai também pro fogão. E só faz comida de banquete; quer ver só? Você sabe o que é lula? Sabe, claro. Mas já comeu? Já? Mas não comeu a dele: eu digo que é "lula à Meu Preto".

Presta atenção: você limpa a lula, esfregando com limão. Lava bem lavadinhos aqueles tentáculos, aqueles braços dela, e vai cortando, assim, em rodelas: pá, pá, pá, pá... Aí, numa vasilha, você tempera tudo com caldo de limão, alho, sal e pimenta; e reserva, deixa separado. Em outra vasilha, uma travessa, um alguidar, você despeja farinha de trigo, temperada com uma pitada de sal, e reserva. Agora, você pega uma frigideira alta, coloca óleo dentro e uma rodela de limão. Espera o óleo esquentar. Quando estiver bem quente, você passa as rodelas da lula, claro, na farinha de trigo, bem de leve, e põe no óleo pra fritar. Não precisa virar. Quando você sentir que está bem douradinha, está pronta pra comer. Tira então com uma escumadeira e escorre a gordura num papel fino. É assim que ele faz. Fica uma delícia. Porque Meu Preto é fino, tem bom gosto. E tem família... Eu sou a família dele: sou mãe, sou pai, sou mulher, sou tudo!

Você sabe que trabalho é coisa que não me mete medo, não sabe? Eu dou duro desde os 10 anos, minha amiga. Mesmo porque quem mora perto de quartel de marinheiro tem sempre o que fazer. Minha mãe lavava pra Marinha. E eu ia com ela, buscar a roupa suja e entregar a roupa lavada. Criancinha ainda, eu ia com a trouxa na cabeça. Depois, lavei, passei, arrumei. Pra Marinha, sempre. Porque sempre eu morei por aqui: Visconde de Inhaúma, Alfândega, Teófilo Otoni, Dom Pedro... Eu tenho água salgada no sangue. E acho até que eu sou meio peixe, meio sereia, sei lá. Eu sou do mar, minha filha! E "quem é do mar não enjoa". Mesmo nos piores ambientes.

Dentro desses navios, aí a coisa é a pior possível. E grumete, marinheiro, oficial mesmo, tem tudo que estar sempre com um olho no padre e outro na missa. Porque, quando menos se espera vem uma implicância, uma tocaia, uma intriga, uma traição, uma baianada. Marujo briga à toa, às vezes sem motivo, só por brigar, pra mostrar valentia. Porque quem não é macho vira comida de onça; e quem é e não se controla acaba no castigo, na chibata.

Esta é a pior coisa na Marinha: a chibata. E é mais pela humilhação do que pela dor. Ou as duas coisas juntas. E ele já provou do veneno.

Sabe como é, né? Filho de africano, povo de Mina, ele é gente que não leva desaforo pra casa, não! O corpo dele não tem osso, é só músculo. E como é muito forte, muito mesmo, e gosta de um parati, vira e mexe ele se mete em encrenca. Sem beber, ele é manso, conformado, amigo. Mas quando toma umas timbucas... É outra pessoa. Aí, enfia a navalha no bolso e desce pro cais procurando barulho, o que sempre encontra. Nessas horas, ele parece um bicho solto.

Quando tem fuzarca da grossa, turumbamba da boa, no Cais Pharoux ou no Cais dos Mineiros, todo mundo sabe que é ele aprontando confusão.

Uma vez — ele me contou — levou cinquenta chibatadas. Sem dar um ai, sem reclamar, sem se mexer, sem dar mostra de que estava sofrendo. É um homem, mesmo!

Nesses navios enormes, tem muito trabalho pros subalternos! A boia, a gororoba, é péssima e malfeita e os castigos aumentam a cada dia. Ganhar pouco não é certo, mas tudo bem. O pior é o excesso de trabalho e ainda por cima esses castigos que são uma barbaridade. Não há quem aguente tanta humilhação. Ele sempre disse que um dia ainda ia ter uma revolução por causa disso. Será que é essa, agora? A chibata deixa os homens parecendo peixe lanhado pra ser salgado... A escravidão acabou aqui fora, mas na Armada, nos navios, continuou.

E isso é só aqui no Brasil. Ele contou que um dia estavam castigando um marujo e tinha um navio inglês fundeado do lado. Os marinheiros desse navio começaram a vaiar e a gritar pra parar. Isso é uma vergonha pro país. E todo mundo sabe que é só com os pretos. Se for branco e souber ler e escrever, eles ainda respeitam um pouco, levam na conversa. Não é uma sacanagem?

Ainda bem que eu nunca presenciei uma cena dessas. Se acontecer de eu ver e, pior, se for com ele, eu acho que eu tenho um ataque. Esse homem é tudo pra mim, minha filha! E já estamos tem mais de... Deixa eu ver... Ih! Tem mais de cinco anos que começou a inana.

Foi na festa da Mãe-d'Água. É uma festa de pescadores, dada por uma portuguesa da Gamboa, Dona Maria Vitória. Na festa, ela pede proteção e prosperidade, pra ela e pra gente, pondo uma toalha de mesa na beira da praia com tudo do bom e do melhor: comida, bebidas, presentes, tudo, enfim. É uma coisa linda! Aquela toalha branquinha estendida, com os oferecimentos pra Mãe-d'Água.

Foi há uns cinco anos. É... Cinco anos. E ele estava lá, pois era o axogum, o responsável pela matança das aves que também eram oferecidas. Depois, foi no Carnaval. Naquele ano, eu saí de estrela-do-mar. Mas não saí no cordão, na rua; porque cordão é coisa de homem. Eu saí na sociedade, no clube. Mas vi quando ele passou. E ele era um daqueles caboclos da linha de frente.

Meu Preto é filho de Oxóssi, na falange de Iemanjá. E com aquele corpão e aquele andar superior, ele também é caboclo. Tanto que, no Carnaval, ele é o Pedra Preta, um dos sete caboclos que vêm na frente do cordão dos Filhos da Mãe-d'Água, o maior cordão da Prainha. Precisa ver como ele vinha: cabeleira de corda desfiada tingida de preto, o cocar de penas enfiado por cima, arco e flecha na mão, aquelas cabacinhas na cintura... Lá vinha ele, naquela toada deles lá: "Caboclo, caboclo, ele é filho de Guiné/ Se seu pai é rei/ príncipe ele é..." Aí ele dançava, com seus sete companheiros. Batendo no peito, pisando no chão com força, olhando de cara feia, chamando pra briga... Me dá um arrepio, só de lembrar.

De repente, ele me olhou, eu olhei. E na semana seguinte a gente já estava morando junto, num quartinho que ele alugava de uma senhora portuguesa no beco do

Bragança... Depois mudamos pra rua da Alfândega e...
Espera aí! O que é aquilo?

Ai, meu Deus! Minha Nossa Senhora dos Navegantes!
Olha lá! Vê se aquele não é o navio dele, o... *Aquidabã*?
Está manobrando... Não! Aquele é o *Javari*? Ou é o *Trajano*? Ai, meu pai! Olha lá! Estão atirando! Vão matar o
Meu Preto!... Desculpe.

É uma agonia isso. Minha tia, minha madrinha, minhas primas, todo mundo me pergunta: "Como é que
você foi gostar de um homem assim, preto, marinheiro,
um brutamontes, e quase um velho?! Você, de tão boa
família, preparado, fino, louro, de olhos verdes... um
rapaz tão bonito!..."

6. CASTANHA DO CAJU

De várias cores são os cajus belo
Uns são vermelho, outros amarelo
E como vários são nas suas cores
Também se mostram em muitos sabores
E dão castanha
Melhor que na França e na Espanha.

Marcha do rancho carnavalesco Flor do Castanha,
com letra impiedosamente plagiada de
Manuel Botelho de Oliveira, *À Ilha de Maré*, 1705

Uma das localidades mais bonitas aqui desta baía é o Caju. A região se estende desde o mangue de São Diogo, passando pela Praia de São Cristóvão, até a Praia do Caju propriamente dita, que fica na Ponta, prolongamento que sinaliza, a norte, a Ilha de Bom Jesus, com sua praia inigualável e suas matas quase virgens.

Exatamente na Ponta, ergue-se o Pavilhão do Imperador e a estação da Estrada de Ferro Rio D'Ouro. E, de lá, se tem, à direita, a vista da Saúde e da Gamboa; à esquerda, o Saco do Raposo, a Sapucaia, a Ilha do Governador, a dos

Ferreiros, com seus depósitos de carvão; e lá do outro lado, a Praia Grande de Niterói.

O Caju, em suma, é uma região belíssima, de praias com areias muito brancas e água cristalina; tão limpa que dá para ver no fundo o espetáculo dos camarões, cavalos-marinhos, sardinhas, passeando aos cardumes, e até mesmo baleias.

Parte da localidade, principalmente as glebas pertencentes à antiga Fazenda Murundu, está agora ocupada por cemitérios e hospitais. E parece que o governo cogita trazer para cá uma fábrica de material bélico, de artefatos de guerra. E isso já começa a afetar um pouco o bucolismo do lugar. Como se vê, por exemplo, na antiga colônia de pescadores, que já atrai gente pobre de outros lugares, que vem morar em cortiços, como o Castanha do Caju, ou simplesmente "o Castanha", que começa a ganhar má fama.

É quase um pequeno bairro, feito de sobrados com muitos quartos, casas térreas de porta e janela, subdivididas em muitos cochicholos e tendo como centro um velho sobrado em estilo colonial espanhol, com aquele amplo pátio interno e as dezenas de cômodos, em cima e em baixo. Tudo isso formando um enorme labirinto que se estende das proximidades da antiga Fábrica de Tecidos São Lázaro, onde o Ministério da Guerra quer alojar seu Arsenal, até o muro do cemitério perto do hospital. Nos inúmeros becos e ruelas de seu interior, pulsam de vida, num contínuo burburinho: uma venda, uma quitanda, uma barbearia, uma serralheria, oficinas de conserto de sapatos, cocheiras com animais e carroças, chiqueiros e galinheiros.

Na entrada, um grande portal em arcada encimado por uma castanha de caju, como era comum nas antigas quintas e chácaras. Segundo alguns historiadores, a imagem remete ao proprietário original, Apolônio Basílio de Cerqueira Malta, o visconde de Cajueiro, falecido político alagoano. Outros dizem que ela marca a presença no local de migrantes oriundos da Pedreira dos Cajueiros, no Morro da Providência, muitos deles sobreviventes da Guerra de Canudos.

O que é certo é que o Castanha abriga uma maioria de gente que tira do mar o seu sustento, marítimos ou não, como pescadores, embarcadiços, estivadores, barqueiros, transportadores de carga, navegadores de apoio, de cabotagem e longo curso... E assim iam as coisas, naquela tarde de sábado.

Era pleno verão, e o tempo escorria preguiçoso. Em algumas casas, era a faxina de fim de semana. No balcão da vendinha, era aquela conversa rala, molhada com "calistos" de parati e salgada com iscas de sardinha frita, passada no fubá. A criançada ia e vinha. De vez em quando vinha também um do mar, com uma corda de siris ou um puçá de pescadinhas. E, no canto à esquerda da entrada, o inevitável jogo de dados, catimbado, mandingado; e bancado pelo Zé da Ilha, violento e perigoso.

Da janela de seu cochicholo, Otávia observava o jogo, apreensiva. Já estava cansada de recomendar ao seu Dino que se afastasse daquelas rodas, não só por economia dos míseros trocados que ganhava na estiva — se não fosse ela, muitas vezes não tinha comida em casa — como também pra não se meter em mais uma confusão, como já ocorrera tantas vezes.

Jogo de azar é azar mesmo, todo mundo sabe disso. A possibilidade de ganhar ou perder não depende de nenhuma habilidade, arte ou ciência do jogador. Depende da boa ou má sorte. Mas em muitos casos, como em alguns jogos de cartas e mais ainda no jogo de dados, que é o que quase sempre se joga na entrada da Venda do Castanha, o dono do jogo manipula as peças, fraudando mesmo. E é por isso que a boa e experiente Otávia teme. Porque naquele sábado quem jogava os dados era ele, seu marido.

Jogo rolando, chega Aleixo, poeta e sonhador, arrastando a perna aleijada. Não trouxe o violão, como costuma fazer. Hoje, sua ideia é arriscar uns trocados no jogo de dados — quem sabe se hoje não é seu dia? Mas a paz de quase todos os sábados se vê ameaçada: o turbulento Biu, também estivador, chega meio bêbado, fazendo escarcéu. E com ele vem Jura, sua amante, mulher bonita por quem o violeiro Aleixo nutre uma paixão recalcada.

O jogo de dados continua e Biu perde. Embriagado e sob o poder da "erva", começa a brigar com Dino; e, apesar da intervenção de Dona Inácia, uma senhora muito boazinha, e também de outros moradores, um tumulto explode e Biu acaba por sacar um revólver e atirar em Dino, para desespero de Otávia, sua pobre mulher. Em poucos minutos, ouve-se a sineta do carro da polícia, motivo por que a multidão se dispersa, deixando Otávia sozinha, desesperada, gritando sobre o corpo do marido agonizante. A bela Jura, sem saber onde se meter, acaba recebendo a acolhida de Aleixo, que lhe abre a porta do quarto onde mora, pegado à venda, e ela entra.

• • •

Na Delegacia do 8º Distrito, iniciam-se os procedimentos policiais. A cena fora rápida e violenta. E dela resultou a morte de um homem, por um motivo, ao que parece, fútil. No dia seguinte, a *Folha do Rio* deu a notícia, sóbria, mas em detalhes, com base nos autos do Inquérito Policial:

> Encontraram-se ali Abílio do Espírito Santo, o Biu, e Secundino dos Santos, o Dino, estivadores e desafetos desde algum tempo por causa de uma amante que fora do primeiro e agora é do segundo. Davam-se os dois, com alguma prevenção recíproca, mas não fugiam de falar uma ou outra vez. [...] Jogavam ali, no chão batido, alguns moradores do cortiço conhecido como Castanha, entre os quais se encontravam os dois, que, num súbito desentendimento por causa de uma "parada" (aposta), altercaram e trocaram insultos. Abílio, porém, não se limitou a isso: sacou de um revólver e atirou quatro vezes contra Secundino. O último tiro penetrou no crânio da vítima, tendo entrado por cima do olho direito. Então, o estivador atingido caiu estertorando e o criminoso fugiu em seguida, sendo perseguido por vários indivíduos que haviam assistido à cena. [...] Na perseguição, em frente ao Quartel de Bombeiros da Gamboa, juntaram-se aos perseguidores os praças números 37 e 32, que conseguiram prender o autor do crime na casa de cômodos da rua da Gamboa, número 143, onde se homiziara.

Depois o criminoso foi levado para a sede do 8º distrito policial, onde o delegado, dr. Mattos Tourinho, fez lavrar o auto de prisão em flagrante. [...] Quanto ao ferido, cujo estado foi logo julgado desesperador, foi transferido para o Hospital da Misericórdia, acompanhado por uma comissão de sócios da União dos Estivadores. O criminoso, interrogado pela autoridade, negou que tivesse dado tiros em Secundino e disse que este, sim, disparara dois tiros em sua direção, o que o obrigou a fugir. Depois disso, ainda ele ouviu dois tiros, que não sabe quem disparou. [...] Ao seu interrogatório seguiu-se o das testemunhas de vista, em número de oito. Todas elas declararam, perante o criminoso, tê-lo visto atirar em Secundino. Em vista desta atitude das testemunhas, Abílio resolveu fazer a confissão do crime, pelo que o inquérito foi logo encerrado. [...] Secundino dos Santos, apresentando ferimento penetrante no frontal direito, foi recolhido já em estado comatoso à 14ª Enfermaria do Hospital da Misericórdia, onde, por volta das seis horas da tarde, exalou o último alento. O médico que atestou o óbito deu como *causa mortis* hemorragia consecutiva a ferimento por arma de fogo.

No dia seguinte, o corpo de Dino estendido sobre a mesa, os amigos do morto fazem uma vaquinha para as despesas do enterro. Enquanto isso, um menino é enviado à rua para avisar o ocorrido, de casa em casa, a todo o Castanha e aos vizinhos das redondezas, convidando o povo para o funeral. Ao mesmo tempo, um grupo de senhoras sai pelas ruelas, com as mãos na cabeça em sinal de luto, gritando e chorando para anunciar a morte.

Secundino tinha 26 anos de idade, era brasileiro, solteiro e residia no quarto número 12 do Castanha. Seu enterro foi tratado para o Cemitério do Caju pela Sociedade União dos Estivadores. Assim, às três horas da tarde saiu o cortejo. Mas, antes de ir para o cemitério, o corpo foi levado até algumas casas do Castanha, para as despedidas. E, feita a inumação, de volta do enterro, em casa, iniciaram-se os cânticos e rituais, que se prolongaram por nove dias. E nos quais, obviamente, a rotina do trabalho no cais não se alterou. Nem poderia.

O Cais do Porto é um grande complexo de unidades independentes que se estendem por diversas ilhas da baía e se espalham, no continente, da praia de Dom Manuel até a Ponta do Caju, em uma sucessão de mais de sessenta trapiches. Na Prainha, de um cais menor, no Trapiche Mauá, é que saem as barcas em direção ao Porto de Estrela, ponto de partida da estrada de ferro que sobe para Petrópolis. Por ali, nas ruas em frente ao mar, na extensão que vai até Praia Formosa, já se encontra uma grande quantidade de cortiços e estalagens. Mas o maior, mais concorrido, mais famoso e mais alegre de todos é o Castanha: Castanha do Caju.

No Castanha, a maioria dos moradores nasceu no mar, vive no mar e para o mar. Uns na praia, outros em alto-mar; uns no cais, outros a bordo dos navios. No serviço de bordo há o trabalho do guincho, o da embarcação, o do porão e o do convés. À volta dos guinchos e das correntes, os homens vêm do porão para o navio, do navio para o porão, carregados de mercadoria, do café. E no embarque, fora, desenvolvem-se os mesmos movimentos, os mesmos gestos de esforço, formando um círculo ininterrupto: homens de braços nus saem correndo de dentro do trapiche, atiram um saco no saveiro, dão a volta correndo, tornam a sair com outro saco, sem parar, como se fossem a corrente de uma grande máquina, às vezes sessenta, oitenta, cem, duzentos...

Nesta terça-feira, a rotina do trabalho no cais não se alterou. Mas em todo canto, dentro e fora dos navios, não se fala em outra coisa que não o assassinato do Dino pelo Biu. E embora a polícia já tenha dado o inquérito por encerrado, muitas hipóteses e versões ainda surgem a cada momento.

O que mais se diz é que Biu e Dino eram amigos íntimos até o dia em que passaram a competir pelo amor de uma mulher chamada Jura. O primeiro a ter um "rabicho" pela tal mulher fora Abílio, mas Jura era uma doidivanas, acostumada a passar de amante para amante, e acabou cedendo ao assédio de Dino, que também a cortejava. Abílio logo descobriu a infidelidade, tendo início assim uma acirrada inimizade entre os tais estivadores. Nas palavras do jornal:

> Ciente do que o seu amigo lhe fizera, roubando-lhe a amásia, Abílio cortou com ele as relações e, francamente, disse a Dino que procurasse mudar de turma, pois na sua não o consentiria de forma alguma. [...] Abílio impedia que Dino participasse das tropas que comandava. Assim os inimigos trocavam ameaças e provocações, o que fazia com que os outros estivadores, companheiros de trabalho dos dois, previssem já um encontro de consequências

funestas entre eles. A rivalidade entre os contendores culminou no assassinato, que se seguiu a um novo desentendimento entre os dois homens devido a uma questão de jogo. Dino disparou seis tiros contra sua vítima, acertando-lhe o último tiro logo acima do olho direito...

Então, cumpriram-se aí as formalidades legais. E a vida no Castanha — agora mais ou menos acostumado àquele tipo de acontecimento — aos poucos ia voltando ao normal. Como, aliás, em todo o Caju.

Na localidade, tanto os estivadores quanto os pescadores — que, no fundo, constituem uma só família — são todos muito religiosos, porque os seus antecessores foram os primeiros devotos de São Pedro, que é cultuado na Igreja do Bonfim, na Praia de São Cristóvão, sede da Irmandade de Nosso Senhor Jesus do Bonfim e Nossa Senhora do Paraíso.

A irmandade foi criada por gente da cidade de Salvador, a antiga capital, por eles chamada de "Mulata Velha". Gente de muita fé, que transmitiu sua crença aos de hoje, que sempre relatam muitos milagres. Como o daquela vez em que, no meio do maior temporal que já se viu nesta baía, um grupo de pescadores da irmandade conseguiu sobreviver sem nem um arranhão.

Naquele tempo as pescarias eram feitas em canoas toscas, feitas por eles mesmos, até escavando troncos de árvore. Saveiros, escunas, baleeiras eram privilégio dos endinheirados, dos armadores, dos tubarões da pesca.

As canoas maiores, já mais aperfeiçoadas, feitas em oficinas de carpinteiro, essas levavam mais gente. Mas o que se tinha mais, naquela época, eram mesmo as canoas de índio, que levavam no máximo dois pescadores. Mesmo assim, os homens enfrentavam o mar.

Naquele dia o mar amanheceu calmo, sereno, tranquilo. Então, saíram todas as canoas, grandes e pequenas, com alegria e esperança de fazerem boas pescarias. E sumiram bem lá pro meio da baía; que lá é que se podia pegar peixe bom, que só dá numa fundura de mais de 50 metros.

Saíram de manhãzinha pra voltar só de noite; e tudo correu bem, graças a Deus, até que, o céu já escurecendo, começou a soprar um vento medonho, vindo do sul. Com ele, nuvens grossas rolavam rápidas, com relâmpagos e trovões que vinham arrebentando tudo de lá detrás da serra. Coisa braba! As ondas pareciam montanhas que cresciam, subiam e se desmanchavam, para crescer de novo e de novo se desmanchar.

Todas as canoas no mar, as grandes e as pequenas. Todos os moradores, apavorados, querendo sair de suas casas e chegar à praia, mas sem poder. As famílias dos pescadores imploravam a Deus, a São Pedro, a Nossa Senhora do Paraíso e ao Senhor do Bonfim. O padre saiu da igreja e veio benzer o mar, para que ele abrandasse o castigo.

No meio do abismo, aqueles homens rudes, em suas canoas, mesmo as menos toscas, só tinham a seu favor o conhecimento do mar, além da fé em Deus, no Senhor do Bonfim e na Senhora Santana. Para se salvar, só mesmo um grande milagre. Que afinal aconteceu: a chuva foi parando, parando e parou. As nuvens foram se dissipando aos poucos e uma lua cheia, redonda, banhou o mar e as praias com sua luz de prata.

E foi milagre mesmo, porque em outros temporais, bem menos intensos, muita gente morreu, muitos corpos foram dar em praias distantes; e muitos pescadores, além de feridos e até mutilados, perderam as embarcações e as ferramentas de trabalho. Nesse, graças aos padroeiros, todos se salvaram, e os barcos também.

Só um pescador morreu: Chico Tainha. Assim mesmo, morreu por imprudência. Estava na canoa com o Aleixo. Tinham pescado uma garoupa e amarraram na canoa. Na hora do temporal, quando já vinham pra terra, o mar arrancou o peixe de cima da canoa. Como era bom nadador, Chico Tainha não quis perder a garoupa: atirou-se ao mar, apanhou o peixe, mas se deu mal na volta, pois bateu com a cabeça na canoa, desceu e só apareceu dois dias depois, já inchado e roído pelos peixes. A morte foi considerada um castigo, porque o Aleixo, com a fé em São Pedro e no Senhor do Bonfim e Nossa Senhora, obedeceu e respeitou a força da natureza, salvou-se e está aí até hoje.

Aleixo puxa de uma perna por causa disso. Machucou-se no naufrágio. Mas a partir daí dedicou-se mais ao seu violão e a fazer as bonitas cantigas que encantam seu povo. Foi Aleixo também quem organizou a brincadeira de Carnaval do povo do Castanha, o nosso clubezinho, o Rancho Flor da Castanha. Para nós, simplesmente, o Castanha.

— É isso mesmo! Lá na cidade tem o Tenentes do Diabo, clube vermelho e preto que o jornal também chama de Baetas; tem os Democráticos carnavalescos, conhecidos como Carapicus; tem o Fenianos, que os jornais batizaram de "Gatos"... É tudo clube de gente de posses, que no

Carnaval passa na rua do Ouvidor com aqueles carros de luxo e aquelas mulheres francesas... Nós, não. O nosso clubezinho, o Sereias, é pra brincar aqui, divertir a nossa mocidade. Então não precisa de muita coisa, não. Basta o meu violão, as músicas que eu faço pra divertir a moçada, a flauta do Oscar Besouro; o banjo do Jaúca; o clarinete do Acácio e mais um bumbo, um pandeiro e uma ganzá, que qualquer moleque sabe tocar. Aí, nós saímos, vamos até o Retiro Saudoso, até a Ponta, depois retornamos, damos a volta na Quinta e voltamos pro Castanha.

Quem fala é Dona Tomásia, nascida e criada no Caju e para quem o Castanha é "tudo e mais alguma coisa":

— Fora do Carnaval nós fazemos nossos bailezinhos, nossas festas, nossos piqueniques... Na sede nós temos até um pianozinho, modesto, mas dá pra tocar. Dona Chiquinha Gonzaga e seu Ernesto Nazaré já tocaram nele. Anacleto de Medeiros, que mora em Paquetá, prometeu vir um dia. Quando ele vier, nós vamos inaugurar na sede dois retratos, um do Callado e outro do Viriato. Foram dois grandes músicos, já falecidos, todos os dois flautistas. E a ideia é do Aleixo, que é o nosso poeta, o nosso mentor. De quem mais podia ser?

Mas Dona Tomásia é consciente do que seu povo realmente precisa; e não poupa crítica a quem "pensa que focinho de porco é tomada":

— O outro povo do Castanha... Que todo lugar tem quem presta e quem não presta, não é mesmo? O outro povo não gosta do Sereia. Diz que a gente é metido a sebo, e coisa e loisa. Aí, eles têm lá o cordão deles. Mas cordão não é coisa de família, e sim de gente desclassificada, daqueles pinta braba lá, tudo embriagado batendo bumbo, batendo lata e desacatando a polícia. Nossa brincadeira é familiar; por isso nós chamamos de Rancho, Rancho da Sereia. O Aleixo foi que craneou esse nome, e botou as cores azul e branco em homenagem à Mãe-d'Água, Nossa Senhora do Paraíso.

● ● ●

A Ilha das Flores é uma das mais aprazíveis da Baía de Guanabara. Fica na freguesia de São Gonçalo, em Niterói; e juntamente com as ilhas do Engenho, Ananases, Mexingueira e Carvalho, integra um pequeno arquipélago. Já se chamou Marim, Mariri e, depois, Ilha de Santo Antônio e Vital. E, nela, há uns dez anos, funciona a Hospedaria de Imigrantes, que abriga os recém-chegados ao Rio de Janeiro.

O piquenique na Ilha das Flores era há muito tempo esperado pela boa gente do Rancho da Sereia, a simpática agremiação do bairro do Caju. Entre os mais animados estavam o poeta Aleixo e Jura, agora sua musa e mulher, passados bem uns seis meses da tragédia que culminou com o assassinato de Dino pelo famigerado Biu.

Chegado à ilha, o povo se arranchou. E o domingo foi maravilhoso. Principalmente pela presença de Aleixo.

O poeta, além de unir e organizar o povo do Castanha, era excelente cantor de modinhas, bom solista e acompanhante ao violão; e compositor de músicas muito bonitas. Possuía uma voz maravilhosa, e cantava como poucos. Apesar de ser um pobre pescador e do infortúnio que lhe tirara o movimento de uma das pernas, era homem de fino trato, maneiras sinceras e expressivas.

Como cantor, não ficava nada a dever a Cadete, Geraldo Magalhães, Terra Passos, Antenor de Oliveira, Horácio Tebergue e outros grandes artistas do canto popular. E o violão, na sua mão, não tocava, chorava; além de contar as mágoas que ele escondia. De formas, então, que o domingo transcorria maravilhoso. A não ser pela presença nefasta de Biu, há tanto tempo desaparecido, e que naquele domingo conseguira chegar até a Ilha das Flores, com quatro sujeitos mal-encarados, querendo levar a Jura de volta.

Biu tinha sido preso em flagrante. Assim, concluídos os procedimentos de praxe, no 8º Distrito, foi conduzido à Casa de Detenção, onde teria de aguardar preso o prosseguimento da ação. Entretanto, lá se encontrou com velhos conhecidos; e com eles tramou a fuga, que afinal se consumou; de maneira um pouco suspeita.

O negócio é que, naquela época, a Casa de Detenção não tinha lavanderia, veja você! Então, de trinta em trinta dias, saía de lá toda a roupa usada, uniformes, cuecas, meias, camisetas, toalhas, lençóis, fronhas, cobertores... quilos e mais quilos de roupa para lavar fora. Era muita coisa mesmo, tanto que iam em caixas de papelão grosso, para serem lavadas longe, muito longe — sabe onde? —, lá pros lados de Campos dos Goytacazes, veja só que absurdo! Isso era tramoia, claro. Essas coisas que são feitas "em benefício da população", e que no fundo o objetivo é um só: tirar dos cofres públicos pra botar no bolso dos barões, dos tubarões, dos fazendeiros, dos comendadores, dos políticos; que quanto mais têm mais querem.

Nessas caixas de roupa usada, todo mês saía da Detenção muita muamba, muito contrabando, muito roubo — que no linguajar da Detenção ganhou o apelido de "roupa suja"... E aí, o Biu, que não era burro, teve a ideia de virar roupa suja também e fugir da prisão dentro de uma caixa daquelas. Então, tudo bem ajeitado e combinado, inclusive molhando a mão de gente mais e menos importante, lá foi o Biu.

A caixa saiu da Casa de Detenção e seguiu pela baía até Porto das Caixas, de onde seria embarcada para a cidade de Campos dos Goytacazes, no norte do estado do Rio, pois lá ficava a lavanderia de um rico negociante local. Em Porto das Caixas, onde a encomenda era rotineiramente examinada antes de seguir viagem, Biu, com a conivência de um guarda, já conversado, pulou fora.

E assim o malfeitor, ninguém até hoje soube como, apareceu na Ilha das Flores, naquele domingo, para estragar a festa do harmonioso Rancho da Sereia.

Em meio ao piquenique, com o súbito aparecimento de Biu, travou-se violentíssima discussão, entre ele e Aleixo. Antevia-se nova tragédia, principalmente quando os capoeiras mostraram seus porretes e navalhas. E Biu exibiu o punhal que levava na cinta.

— A mulher é minha e eu vou levar ela comigo! — Biu avançou na direção de Aleixo, que não se intimidou e tomou a frente, protegendo Jura.

— Aqui você não apita nada, rapaz. Juraci está morando comigo e não quer mais nada com você.

A expressão do assassino era de completo desvario, mostrando que ele estava mesmo disposto a fazer o que dizia.

— Vou levar ela, sim, e vou levar você também. Só que você eu vou levar pra terra dos pés juntos, pra debaixo da terra, seu aleijado filho da puta!

No auge da altercação, entretanto, começou a estrondar um bombardeio na baía. Ato contínuo, quase uma centena de marinheiros, sob o comando de um moço oficial, começaram a desembarcar no cais da ilha, para ocupá-la. Sob cerrado tiroteio, o povo do Castanha fugiu desesperado para a barca alugada, que esperava no ancoradouro. Alguns, entretanto, infortunadamente, não conseguiram voltar.

Pois a Guerra de Floriano agora não é mais um divertimento, um espetáculo, e já rompeu de vez os laços de fraternidade e esperança que ainda uniam um pouco o sofrido povo do Rancho da Sereia e de todo o Castanha do Caju.

Além disso, no último dia 26 de janeiro, o prefeito Barata Ribeiro baixou um decreto que vai permitir à prefeitura dar combate aos cortiços da cidade. No mesmo dia, começou a demolição do Cabeça de Porco, executada pelo próprio prefeito, à frente de um verdadeiro exército de empregados da prefeitura, e mais bombeiros, funcionários da Higiene Pública, o chefe de polícia em pessoa, além de policiais, sanitaristas e engenheiros. Dizem que terminada essa tarefa, a prefeitura vai pôr abaixo o Castanha. Mas o povo de lá diz que não sai nem a pau; e vai resistir.

Tomara que tudo corra bem; pelo menos sem mais mortes, nem tristeza.

7. *LUMIÈRE DU FEU*

A primeira sensação do comandante Brilhante, quando se viu naqueles trajes, foi de ridículo.

Vestia uma casaca de seda, brilhante e colorida, que chegava acima da curva da perna e fechava em cima, com a gravata de renda branca aparecendo. Por baixo dela, um colete todo trabalhado em seda francesa, ouro, prata e pedras preciosas. Os calções eram muito justos, modelando as coxas; e fechavam na frente por uma portinhola à moda dos bávaros, daquele tipo que deixava o papa enormemente contrariado.

O chapéu era um tricórnio de castor, com um pom-pom em cada bico; e ele o trazia sob o braço, porque era chique, de bom-tom. Se fosse pobre usaria um de palha, mas o seu era de castor. A cabeleira era do tipo bolsa, arrematada com um laço de tafetá preto caindo sobre a nuca. Os sapatos tinham fivelas de prata, com as biqueiras arredondadas, e meias brancas. Na mão trazia um bastão de madeira nobre, de lei, todo trabalhado. Mas a ocasião justificava o traje, pois a cidade estava em festa. Só que não era a sua cidade.

O centro pulsante era um mercado à beira do cais, uma *kitanda* africana onde se vendia e comprava de tudo; onde o vento tocava as velas das faluas e de onde a beleza das ilhas estava quase ao alcance da mão. Lembrava... Mas... Quem sabe?

Aos poucos, depois do susto inicial, Brilhante começou a reconhecer a cidade — a sua cidade —, sim, era ela. Não mais aquela do tempo do "Vergalhão" — como o povo dizia — e nem de leve lembrava aquele velho aldeamento de ocas indígenas dos primeiros tempos.

O mercado era o da Praia dos Mineiros; e o cais era o ponto de chegada e de atracação das embarcações vindas de além-mar em busca do Eldorado; e que, se antes eram atraídas pelos portos do Norte, agora vinham direto para o Rio de Janeiro. Isso ocorria também com o interior, pois para dificultar o contrabando o governo fechara as estradas que iam da Bahia e do Espírito Santo para as alturas da região das Minas. *Et pour cause*, melhorara as trilhas que iam daqui até lá — tanto as que partiam direto da cidade, pelo caminho de Irajá, quanto as dos rios que desembocavam no fundo da baía, em Magé, Piedade e principalmente Iguaçu, Estrela e Inhomirim. Estas, aliás, eram as mais utilizadas e as que mais viam nascer e prosperar vilarejos bucólicos.

Mas a aparência geral da cidade diferia muito do seu Rio de Janeiro. A rua do Ouvidor, por exemplo, era apenas um caminho percorrido por carros de bois e carroças de burro, conduzidas por sentenciados, levando barris de água, ou por chacareiros carregando feixes de capim. O chafariz da Carioca estava, sim, no mesmo lugar, mas o estilo de sua arquitetura era outro, bastante diferente. Foi então que Brilhante, agora perplexo e encantado, presenciou o cortejo, o desfile, o grande espetáculo que se descortinou ante seus olhos.

Era uma frota, colorida e embandeirada, de dezessete navios, com quase 6 mil homens, 732 canhões e três morteiros. Em movimentos absolutamente coordenados, ora entrava na barra ora saía, singrando o mar entre as ilhas das Cobras e a do "Vergalhão", como o povo dizia, ao ritmo de caixas surdas, caixas de guerra, bombos e címbalos; sob o troar compassado das salvas festivas dos canhões, e ao som de trompas, clarins, cornetas, cornetins e serpentões, numa estridência alegre, vibrante, carnavalesca.

Era Carnaval. O traje, então, justificava-se, mesmo. E Brilhante viu que era bom.

O dia tinha amanhecido chuvoso, com muito vento, e a baía ainda estava coberta por forte cerração. Mas a frota, imponente, estava bem visível, naquela sua coreografia de vaivém entre as ilhas. No centro da formação vinha a nau capitânia, trazendo, de pé no cimo do portaló, o presidente do cortejo.

Brilhante viu que o traje do presidente era bem semelhante ao seu, embora mais luxuoso. A única e gritante diferença era que, em vez de chapéu, ele trazia na cabeça uma exuberante cabeleira arruivada, de cabelos longos até os ombros, e tufos cacheados, como as de Luís XIII, o Justo, e de Luís XIV, o Grande.

Era francês o presidente do cortejo. E Brilhante logo soube que se tratava de René Duguay-Trouin, o Corsário.

Só não entendia o porquê das idas e vindas da frota gigantesca. Afinal, já não tinha ele saqueado a cidade? O governador, os nobres e os soldados já não haviam fugido para as matas da Tijuca? A cidade já não tinha posto em suas mãos todo o ouro, a prata e o dinheiro exigido? Então Brilhante, arrepiado, experimentou a mais terrível sensação daquele dia: o horror.

No cais, a apenas alguns passos, viu passar à sua frente três mulheres, belíssimos corpos nus, lanhados e ensanguentados, os rostos semicobertos por máscaras de ferro, manietadas e presas por um libambo, sendo levadas para a nau capitânia. E o pânico tomou conta de Brilhante quando, de repente, como num lampejo mágico, o Corsário surge à sua frente, cumprimenta-o em surpreendente português do Brasil, sem nenhum sotaque, e com clareza e educação lhe explica a cena aterradora: "O senhor está apavorado com a cena que presenciou. Mas saiba que o castigo dessa moça e de suas amas foi apenas uma questão de justiça…"

O Corsário convida Brilhante a ir com ele até o navio. O brasileiro hesita, mas acaba aceitando o convite. O aristocrático facínora lhe dá o braço. E, assim, seguindo, os dois caminhando calmamente pelo cais, ele conta:

— Ela se chama Saramá Sadiê e é filha de um nobre de Segu, reino africano de gente animista, feiticeira, que um dia foi arrasado, o que prova que o seu feitiço não lhe valeu de nada.

"Por essa época, o forte de Saint-Louis, no rio Senegal, permitiu que nós, franceses, controlássemos todo o comércio ao longo do rio, negociando mercadorias que vinham das regiões mais afastadas, como Tambakunda, Ziguinchor, Kedugu... Uns dez anos depois, meu país assumiu todo o comércio da maior parte do litoral da Senegâmbia, a partir da Ilha de Gorê. Então, cada principado situado ao longo do rio Gâmbia era um parceiro comercial nosso; e foi assim que ela, Saramá Sadiê, foi levada como escrava para a França.

"Paris, naquele tempo, modéstia à parte, já era uma das cidades mais importantes da Europa; e o seu prestígio como centro de difusão cultural estava intimamente associado à excelência da universidade que temos lá. Ela formava juristas com base nos princípios do direito romano; e sua influência criou uma nova concepção de Estado: hoje, o rei já não é um senhor feudal, como no passado recente, mas a representação viva da Lei."

Brilhante está boquiaberto com a erudição do Bandido. E ouve, cada vez mais interessado.

— Eu sou nascido e criado nesse ambiente, meu caro. Sou filho de uma família de marinheiros. Aprendi que as pessoas têm um direito natural à vida, à liberdade e à propriedade; e têm um pacto com seus governantes, que devem sempre ajudá-las a obter tudo isso. Caso isso não ocorra, as pessoas podem romper o pacto. E foi por isso, porque meu rei não cumpriu o que devia, que eu abandonei os estudos e me tornei corsário, o que de certa forma satisfaz o desejo dos meus pais. Concorda comigo?

O brasileiro compreende tudo; e concorda. O elegante malfeitor prossegue:

— O amigo deve saber que um corsário não é um pirata, porque exerce uma atividade aprovada e regulada por lei. Eu, por exemplo, só ataco navios de países em guerra com o meu país. E se eu tiver algum prejuízo no meu trabalho, o governo até me indeniza, porque eu presto um serviço à minha nação.

Agora, Brilhante já está à vontade. E, assim, resolve contra-argumentar:

— Com todo o respeito, deixa eu lhe dizer uma coisa. — O salteador concorda; ele prossegue: — O que eu sei é que o senhor já há algum tempo vinha tentando interceptar em Lisboa o carregamento de ouro procedente do Brasil. Como não conseguiu, arquitetou o plano de saquear a cidade do Rio de Janeiro. Eu não acho isso direito, não; com todo o respeito.

— Ah, meu caro! — Duguay-Trouin resolve abrir seu sanguinário coração. — Não há dúvida de que há um interesse econômico nesta história. Mas há outro motivo. Que começou a nascer naquele dia em que eu resolvi equipar minha tripulação com algumas mulheres; e buscar uma especialmente diferente, para meu serviço e meu deleite. Mulher essa que eu mesmo encontrei no Marché aux Esclaves, à beira do velho Sena.

"Por sorte, na tarde daquele dia estava sendo leiloado um estoque de mulheres da Senegâmbia. E, entre elas, uma em especial despertou minha atenção. Ela vestia apenas um bubu, que é uma espécie de túnica sem cintura, de tecido fino. Quando eu me aproximei, deixou cair o bubu, com estudada displicência, para ser mais bem apreciada. E eu enlouqueci."

Brilhante já começa a entender de quem o corsário, de olhos fechados e expressão de gozo, está falando.

— Era uma mulher alta e esbelta, tinha o corpo sinuosamente torneado, a pele acobreada e sedosa, ancas largas, ombros estreitos, coxas volumosas, os seios pequenos e rijos. Os olhos eram negros, vivos e inquietos, mas sonhadores; o nariz, quase afilado, como o das mulheres levantinas; lábios voluptuosos, pintados com tinta de hena como as palmas das mãos, em contraste com os dentes muito alvos à custa do graveto perfumado que mascava, a ponta aparecendo no canto da boca. Os braços eram longos, e também os dedos, de unhas muito bem-cuidadas, assim como os cabelos, arranjados com arte, em tranças muito finas.

Monsieur Duguay-Trouin está, claro, falando de Saramá Sadiê, que Brilhante viu, lanhada e ensanguentada, conduzida presa com as duas amas. Ele conta que a comprou sem regatear um guinéu. E fez-se ao mar com ela.

— Isto foi na minha primeira expedição à baía do Rio de Janeiro, quando vim, também, vingar Jean-François Duclerc, que foi assassinado covardemente aqui. Não que ele fosse meu amigo, porque ele era pirata e eu não sou; mas por uma questão, digamos... de solidariedade marítima.

O criminoso ri da própria piada, e prossegue:

— Entrei na cidade, mandei reunir os vasos sagrados, a prataria e os ornamentos das igrejas, e fiz recolher também o dinheiro disponível. Quando estava para partir, entreguei tudo aos jesuítas, porque me pareceram dignos da minha confiança. Mas quando dei por mim, já distante, vi que ela, Saramá Sadiê, tinha fugido com a maior parte do tesouro e se refugiado na floresta da Tijuca. Na França, mais tarde, eu soube de tudo.

A bela africana tinha ficado na cidade, em uma das ilhas no fundo da baía, onde a fantasia popular gerou uma mitologia, centrada numa bela mulher que vivia nua, cercada de serpentes. Vivia assim porque seu corpo, ao contato com qualquer matéria, emanava uma luz e se incandescia, incendiava. Por isso era tida como a Luz do Fogo — *Lumière du Feu*, na fala do corsário.

— O povo inventa muita bobagem — concluiu Duguay-Trouin. — E quem me trouxe aqui foi a saudade; e não a sede de vingança.

• • •

O comandante Brilhante sentiu o corpo em chamas; e despertou assustado.

Primeiro, confirmou que dormira de cueca e camiseta, como sempre. E logo se lembrou do jantar de bordo, bastante indigesto para a ocasião, entendendo a razão do pesadelo. Ato contínuo, lavou-se, vestiu a farda, e depois de quebrar o jejum com uma caneca de café sem açúcar, bem quente, cofiou o bigode, acendeu o cachimbo, deu uma baforada e tomou a decisão final. Manobrou com o *Aurora*, ainda no cais da Ilha das Cobras, posicionou-se voltado para a Tapuama de Dentro ou Ilha do Sol, e mandou disparar os canhões.

Para que não se deixasse viva nenhuma fantasia. E não restasse nenhuma memória.

8. FUGA E CONTRAPONTO

Era o maestro que aproveitava a melodia
dos pássaros, dos apitos das fábricas,
das cornetas dos tripeiros, do badalar
dos sinos, dos toques das buzinas, dos
automóveis, do trilar dos apitos dos
guardas-noturnos e de tudo que formasse
uma nota boa ou semitonada.

Alexandre Gonçalves Pinto

A bucólica Ilha de Paquetá nunca tinha visto, e por certo jamais tornará a ver, uma festa como aquela. Foi num domingo, 16 de agosto; e o motivo foi o aniversário natalício de Adalberto Roque de Mendonça.

O homenageado não queria a festa: afinal, o estado de saúde de sua veneranda mãezinha ainda requeria cuidados. Mas ela mesma o dissuadiu:

"Bobagem, Betinho! O que eu tenho é só uma constipação. E um pouquinho de alegria não vai fazer mal nenhum aqui pra gente..."

A casa era pequena e humilde. Mas o quintal, remanescente de uma quinta dos jesuítas, com sua mangueira centenária e as demais árvores frutíferas, abrigava com conforto os convidados que iam chegando e se acomodando à vontade. Debaixo da mangueira, armou-se a mesa — ampliada em sua extensão por tábuas e cavaletes emprestados por um vizinho, o tampo improvisado recoberto por folhas de papel decoradas com motivos campestres —, tendo nas laterais os bancos, também de tábuas, especialmente arranjados para a festa.

Funcionário público subalterno, porém músico respeitado, Mendonça teve como convidados de sua festa alguns poucos familiares, colegas da repartição e músicos admirados: como o grande pistonista Luiz de Souza; o magnífico oficleidista Irineu Batina; o inexcedível flautista Alfredo Vianna; o mavioso saxofonista Alípio Rebouças, filho de uma família de ilustres engenheiros e músicos; o inigualável pianista Aurélio Cavalcante; os não menos João da Harmônica, Malaquias Requinta, Henrique Casaquinha... E outros que a memória nos trai, quando queremos lembrar. O vizinho Anacleto de Medeiros, preso a outro compromisso — conforme se dizia à boca pequena —, não pudera se fazer presente.

Tudo bem, tudo nos conformes. Só que um grupo de amigos abastados e influentes, entre os quais se contavam altos dignitários da jovem República, tinha reservado uma surpresa: traziam para a festa, numa articulação empresarial e diplomática que levara alguns meses, duas delegações de músicos estrangeiros, admiradores da obra do aniversariante, embora não o conhecessem pessoalmente. Por artes de não se sabe quem, a música de Adalberto de Mendonça chegara até os círculos musicais da América do Norte e países vizinhos. Assim foi que, para enorme surpresa dos presentes — e de Mendonça, que nem de nome os conhecia —, ainda bem cedo, chegavam à velha quinta da Praia do Catimbau, muito bem-compostos e trajados, os dois grupamentos.

A delegação cubana, a primeira a chegar, alegre e descontraída, parecia estar em casa. E era integrada pelos seguintes músicos, assim apresentados, um por um, ao dono da festa: Lico Jiménez, pianista, compositor e concertista; Miguel Faílde, cornetista e diretor de orquestra; Raymundo Valenzuela, trombonista; Felipe Valdés, pistonista; e um menino clarinetista chamado José Urfé. Graças a eles, quem não sabia ficou sabendo que corneta e clarim são ambos instrumentos de metal, de tubo cônico, voltando uma ou duas vezes sobre si mesmos, diferentes apenas pela largura dos respectivos tubos e consequentes sonoridades, mais abertas ou fechadas. E que pistom é redução da expressão "corneta a pistom", moderno instrumento, intermediário entre o trombone e a trompa, que tem sua sonoridade alongada através de um mecanismo composto de três ou quatro êmbolos, os pistões.

Quem deu essa explicação maçante, mas extremamente didática, foi um moço saltitante, magrinho, de bigodinho e gravata-borboleta, improvisado como mestre de cerimônias, uma função totalmente descabida naquele tipo de reunião. Segundo ele, a festa reunia "uma plêiade de grandes intérpretes musicais". Mas o impacto veio mesmo com a representação norte-americana.

O cornetista Buddy Bolden adentrou o quintal meio aluado, desorientado, parecendo nem imaginar onde estava; mesmo porque, segundo se soube, era a primeira vez que ele saía de Nova Orleans. Muito ao contrário, o pianista Blind Tom Bethune, cego, mas perfeitamente ciente de tudo (como todo ex-escravo, aliás), manifestava muita alegria por estar ali. De braço dado com o colega Scott Joplin, ele saudava o povo com um simpaticíssimo "Booomm diiaaa!!!". Integrando a comitiva, viam-se: o violinista Will Marion Cook; os compositores Samuel Colleridge Taylor, John Rosamond Johnson... E a inefável Emma Azalia Hackley, aplaudida cantora lírica, cuja voz mais tarde ecoaria, "causando inveja às aves mais canoras dos pomares e matas da ilha", como disse, após o almoço, em entediante discurso, o moço de gravata-borboleta e bigodinho, então já meio prosa, alegrinho, avinhado. Mas tinha motivo.

Havia já algum tempo que o ambiente no mar do Caribe e no golfo do México não andava bom. Cuba se preparava para, mais uma vez, lutar contra o domínio espanhol; e os Estados Unidos da América, maior potência industrial do planeta, estavam de olho na ilha; da mesma forma que estavam também de olho nos minérios do solo brasileiro. E aí o Tio Sam, bancando todas as despesas, animou os cubanos a virem à festa em Paquetá: "Músico tem é que fazer música, e não política." E valeu a pena, pois a festa foi realmente inesquecível, tanto do ponto de vista musical quanto de cordialidade e fraternidade, além da estimulante troca de experiências.

Entre uma batucada e outra no piano, colocado embaixo de um toldo de lona, no canto esquerdo do fundo do quintal, Scott Joplin, depois de ouvir com muita atenção um tanguinho solado por Aurélio Cavalcante, explicava a ele que sua música tinha por base o *cinquillo* cubano. Que Miguel Faílde, orgulhoso, explicava direitinho o que era, e em que consistia. Aproveitando o ensejo, W.C. Handy afirmava, com indescritível prazer, que sua arte se inspirava nos cantos religiosos e de trabalho das fazendas de algodão de seu país. Ninguém falou em política, porque o assunto era principalmente música. Terminado o lauto almoço, debaixo da mangueira, músicos e convidados, satisfeitos e muito à vontade, uniram vozes e instrumentos num formidável "samba", tocando, cantando e batucando — a percussão era de uma garotada vizinha — para seu próprio deleite e a admiração boquiaberta e embriagada dos magnatas e diplomatas patrocinadores.

Ah, meu São Roque! A Ilha de Paquetá nunca tinha ouvido, e certamente jamais tornará a ouvir música igual àquela; a daquele inesquecível Dia do Padroeiro — aliás, padrinho do aniversariante Adalberto Roque de Mendonça. Que no dia seguinte, cansado mas bastante feliz, em sua caminhada habitual, recebeu felicitações por todas as latitudes e longitudes da ilha, do Catimbau até a Ponta da Cruz, da Praia Grossa até a Ilha de Brocoió.

Passou-se um mês, dois, e ninguém se esquecia da festança. Principalmente o povo, que, formando uma imensa multidão, se concentrara, do lado de fora, na rua, na praia, na estrada de acesso, inebriado por aquela música sobrenatural e portentosa, que vinha da casa de Dona Mocinha, para orgulho e vaidade de toda aquela ralé, patuleia, choldra, como estampou, depois, de nariz arrebitado, a insignificante mas pretensiosa *Folha de Paquetá*, reles pasquim editado em uma folha dupla de papel almaço sem pauta (32,9 por 22,1 cm), em cópias carbono.

E assim passaram-se trinta, sessenta dias... Até que chegou o feriado de 15 de novembro. Nele, o povo, surpreendido por novo maremoto musical, saiu pra rua em grande excitação. Mas era apenas a barca das oito trazendo a turma dos Fenianos para o "Piquenique da República", tendo à frente o estandarte do clube. Só que, sem ninguém entender bem do que se tratava, outro grupo corria para o cais aos gritos:

— Fuga! Fuga! Fuga!

Na cabeça de Adalberto, entretanto, até aquele dia, "fuga" era uma outra coisa. Não que ele fosse um bambambã da teoria musical, um pesquisador das experiências melódicas e harmônicas de Bach, Beethoven, Mozart, Chopin... Mas aos 28 anos, era, sem dúvida, um músico conceituado. E, na medida do possível, feliz.

Seu único desgosto era não ter conhecido o pai, de quem, aliás, nem o nome jamais soube. O sobrenome lhe veio emprestado do padrinho, José Maia de Mendonça, o Biguá, atuário e mais tarde solicitador do Banco do Brasil. Membro da Irmandade do Rosário e São Benedito da Igreja da Lampadosa, onde batizou o afilhado, Biguá e sua senhora tinham a mãe de Adalberto como criada. E assim a tomaram quando a conheceram, grávida de seis meses, mas já na condição de liberta, vendendo doces e bolos no centro da cidade.

Por força do carinho que devolvia à mãe extremamente zelosa, Adalberto jamais pensou em se casar. Para ele, acima de tudo estava aquela que tinha lhe dado a vida; e que, por seu lado, fazia tudo para ver o seu menino crescer forte, sadio e bem-educado.

— Mãe, eu nunca vou te abandonar. E vou estudar, crescer e trabalhar pra melhorar de vida e poder dar à senhora o que a senhora precisar: tudo do bom e do melhor. — E assim foi.

Dona Mocinha — "Luzia Maria, sua criada!", como se apresentava — havia algum tempo, vinha emagrecendo, perdendo o apetite, sentindo febre à noitinha e cansaço ao menor esforço; e fraquejando, com dores no peito e nas costas, com suores noturnos, e aquela persistente tosse seca. Os vizinhos recomendavam sumo de agrião com mel, sumo de saião, chá de alfavaca, arruda-do-mato, pau-doce... Entretanto, os muitos anos de má alimentação, de moradias insalubres, de inconsciente falta de higiene estavam falando mais alto.

Seu remédio era o filho, que tinha por ela um carinho extremo. Todas as atenções do amado Betinho eram para ela. E assim, por esse devotamento, a música era o ofício dele, sua forma de relacionar-se com o mundo; mas não era mais importante que sua mãe. Ela sentia isso. Daí o incentivo à festança promovida pelos amigos de posses, mesmo já antevendo o fim; que o tumulto daquela manhã de 15 de novembro parecia anunciar.

Era o caos total. Assim que estourou a Revolta, no meio de uma tremenda confusão, as famílias de mais posses e mais bem organizadas conseguiram sair da ilha. São Gonçalo, Guapimirim e Magé foram os primeiros rumos tomados. Depois alguns, deslocando-se através de Itaoca e São Gonçalo, buscaram refúgio em Niterói; enquanto outros foram abrigar-se na serra, subindo por Mauá e Magé. A maioria, entretanto, por falta de tempo ou de melhores condições, permaneceu na ilha, submetida às forças da Marinha que sitiaram Paquetá; sofrendo mais com a falta de comunicação e a escassez de alimentos do que com possíveis maus-tratos, truculências, arbitrariedades... Que graças a Deus e a São Roque felizmente não aconteceram.

Adalberto conseguiu tomar a barca, levando Dona Mocinha. O apito nervoso da embarcação saindo das águas paquetaenses e se esquivando dos petardos que cruzavam aquela parte da baía, do Porto da Madama a Santana de Magé, era enlouquecedor...

— Que estopada isso de fugir assim, como se eu fosse um bandido, um amante flagrado em adultério! Arre!

O músico, aquietado e pacífico, jamais imaginaria aquilo. Dona Mocinha era sua luz, seu sol, seu tudo, enfim. E ele jamais admitira a fatalidade de perdê-la. Por ela, pusera tudo em segundo plano: amor, dinheiro, amizades, fama... Tudo! Inclusive a música.

Esse modo de ser vinha da ausência da figura paterna. E da consciência de que esse pai, de quem nada sabia, era no fundo um corruptor, um bandido, que tinha se valido de sua condição de dono para roubar a inocência da menina que se tornou sua mãe. Que, mal saída da infância, teve que suportar o encargo da maternidade, com isso sacrificando inclusive a saúde, cada vez mais precária, minada pela tuberculose pulmonar.

Essa terrível moléstia parece vir flagelando a humanidade há muito tempo. No Brasil, pode ter chegado junto com os primeiros colonizadores, no corpo de gente de todo o tipo que veio com eles, às vezes até mesmo em busca de salvação, pelas condições naturais da terra ainda virgem. Ainda hoje, um quinto dos doentes internados em hospitais têm tuberculose, que mata perto de setecentas pessoas em cada 100 mil. Mas ninguém sabe ainda a causa desse mal terrível, que ainda é incurável, mortal.

Dona Mocinha, então, saíra de casa bastante alquebrada. Para alcançar a barca, em meio ao tiroteio intermitente e forte, de que ninguém também ainda sabia a razão, fez um esforço fatal para seu estado de saúde. Ofegante, amparada pelo filho, viajou mal disfarçando a agonia. Cada vez mais se sentindo exaurir, antes que a barca aportasse no cais de Santana de Magé, teve uma hemoptise, a sétima que sofria em período relativamente curto. Sangrando muito, em golfadas terríveis, a pobre senhora poucos minutos teve de vida, expirando ali mesmo na embarcação.

Seu corpo, depois das providências legais, tomadas ali mesmo no pequeno cais de Santana, foi removido, por soldados do Destacamento de Polícia, para o Necrotério da Saúde Pública de Magé. E o traslado de volta a Paquetá só ocorreu no dia seguinte, quando o bombardeio na baía já havia cessado.

O sepultamento da sra. Luzia Maria, a Dona Mocinha, foi simples, muito simples; como sua existência. Presentes, algumas senhoras de pano na cabeça; alguns senhores de paletó, sem gravata; alguns moços de tamancos... Mas todos muito compungidos e sérios.

Adalberto estava destruído. "Minha vida perdeu o sentido", dizia ele soluçando. E a partir dali, efetivamente, um vazio imenso se apossou de sua alma.

Na missa de sétimo dia, o filho enlutado encheu a Igreja de São Roque com 3 mil lírios-brancos e, depois do ofício religioso, isolou-se em casa por um ano, sem fazer absolutamente nada a não ser beber e chorar.

Completado um ano, entretanto, tomado por uma força inexplicável, começou a escrever sua obra-prima — uma sinfonia, pronta em menos de três meses e que recebeu o nome *Liberta Mater*.

Aí, a depressão deu lugar à euforia, potencializada pela exuberância extravagante do jovem Zeca Patrocínio, ainda adolescente mas já viajado e experiente, vivendo entre o Brasil e a Europa e falando com fluência o francês e o alemão. Zeca também acabara de perder um ente querido, no seu caso, o pai. E essa circunstância os aproximou, quando o compositor Sinhô o levou a Paquetá para conhecer "um rapaz de cor que compôs uma sinfonia".

A empatia é imediata; e, daí em diante, a trajetória de Adalberto de Mendonça se desenrola como uma fita cinematográfica em projeção acelerada:

Plano geral: Panorâmica da cidade de Nova York vista a partir da Estátua da Liberdade. *Grande plano*: Adalberto está perdido na multidão. Na sua cabeça, o bulício da cidade o incita a uma ousadia: "Por que limitar minha técnica e meu conhecimento musical à música clássica, de concerto? Por que não colocar tudo o que eu sei em consonância com esta cidade buliçosa?" Adalberto está mudado... *Corte*: Agora, o maestro Adalberto rege uma grande orquestra, integrada por excelentes músicos, animando o Salão de Danças Roseland, o maior da cidade.

Então, o tamanho da orquestra acarretou a necessidade de arranjos previamente escritos e perfeitamente ensaiados, porque grupos de mais de nove músicos não podem alcançar, na execução, a coesão espontânea e a coordenação regular, como alcançam os conjuntos típicos de Nova Orleans. Adalberto trabalha pra valer, como nunca; mas atinge seu objetivo e ganha nome por isso.

Plano médio: Pessoas em traje de gala aguardam à entrada no Carnegie Hall nova-iorquino. *Travelling*: Câmera sobe até o letreiro: ADALBERT MENDOZA AND HIS SYMPHONIC JAZZ ORCHESTRA. O brasileiro, divulgado como cubano, acaba de criar o jazz sinfônico, com o objetivo declarado de levar a música das ruas para as grandes salas de concerto. Com o sucesso dessa iniciativa, é convidado pelo regente da Orquestra Sinfônica de Nova York a escrever, para ela, "uma obra de grande envergadura, digna de um grande mestre". Então, Mendoza se isola na Governos Island (ou *Isla del Gobernador*, para os hispânicos), no meio do rio Hudson, e volta dois meses depois com a sua *Liberta Mater* agora intitulada *Mother Freedom*. A obra faz grande sucesso, o qual, entretanto, embora projetando seu nome no meio musical, não chega ao grande público e não rende os direitos que imaginava.

Grande plano: Adalbert Mendoza põe a cabeça para funcionar, em busca de uma estratégia final de sucesso e independência financeira. *Plano médio*: Trabalhando ao piano, o músico inventa uma interessante forma de execução, na qual, em doze compassos, sua mão esquerda cria uma persistente figura rítmica, percussiva, e a direita desenha configurações rítmico-melódicas.

Plano geral: Panorâmica da cidade de Nova York, agora vista da Catedral de São Patrício. *Travelling*: Câmera passeia pela Quinta Avenida, chega à Broadway e entra na Tin Pan Alley. *Plano médio*: O grande músico, um pouco mais velho e calvo — e bem mais gordo —, impecavelmente trajado, com uma gravata finíssima e uma cintilante esmeralda no anular esquerdo, está em seu escritório, falando ao telefone. *Inserções*: Na estante, muito bem arrumados, livros de História da Música... e de negócios também. Nas paredes, fotos de grandes e famosos artistas e conjuntos, como Bessie Smith; Freddie Keppard & Sidney Bechet; Ma Rainey, e a *amazing* King Oliver's Creole Jazz Band.

Depois de cumprir trâmites burocráticos tortuosos, apesar de fazê-lo por meio de um despachante calejado, conhecedor dos meandros da corrupção nova-iorquina, Mr. Mendoza abre sua editora musical, filiada à recém-fundada Ascap, The American Society of Composers, Authors and Publishers.

Ele agora é um *publisher* (editor) e, como tal, é rico, muito rico; e naturalmente odiado por compositores e músicos, que, de modo velado, o acusam de explorador, falsário, proxeneta e ladrão. Como jamais se casou, muitas vezes sua masculinidade é também posta à prova. E essa má fama já chega aos quiosques, tascas e tabernas de toda a Baía de Guanabara, até mesmo na venda e no botequim de seu padrinho Biguá, empobrecido e já quase centenário, que apenas ri.

Por essas e outras é que o grande músico, depois que se radicou nos Estados Unidos, só voltou ao Brasil uma vez, para os funerais do mestre Henrique Alves de Mesquita, igualmente injustiçado. Nessa oportunidade, que covardia!, foi hostilizado por boa parte da imprensa — em campanha difamatória solertemente plantada por um jornalista magrinho, de bigodinho e gravata-borboleta — que o acusava de americanizado e usurpador do acervo artístico do inolvidável Anacleto de Medeiros, glória da Ilha de Paquetá.

O velhinho Biguá apenas ria. E, quando falava, só dizia isto:

— Faz sentido, faz sentido...

9. BENTO SEM BRAÇO

Na história destas praias e destas ilhas, o mais famoso de todos os malfeitores foi um homem gigantesco, considerado o maioral dos maiorais das rodas da vagabundagem, da capoeiragem e da feitiçaria. Quando ele chegava, qualquer que fosse o lugar, a terra tremia e as ondas do mar se encapelavam.

Os capadócios, capangas, navalhistas, estraga-raças, maus elementos e capoeiras o tinham como herói exemplar. Os calunduzeiros, cabulistas, quimbandeiros, dadores de fortuna, babalaôs, babalorixás e pais de santo o reverenciavam como um inquice, uma entidade, um santo... Talvez malfazejo.

Dizia-se que seu nome mesmo, de cartório (porque nunca foi batizado) era, parece, Dagoberto, Norberto, sei lá... E que era gente do conselheiro Ferraz, mandachuva do Partido Liberal, embora os jornais o tenham malfadadamente celebrado como um escravo fugido de uma das trezentas e tantas fazendas da finada baronesa de Inhomirim.

Era conhecido como Bento, e ainda bem novo quando a dona o comprou, vamos dizer assim. Ele não era escravo, porque nasceu depois do Ventre Livre. Mas era como se fosse. Então, foi servir na fazenda da baronesa, "pra tirar raça" — como se dizia —, quer dizer, pra fazer, gerar, procriar raça de crioulo escravo para o imperador.

Sua Majestade o conheceu, bonito e forte, ainda na fazenda do barão de Suruí, onde passou uns tempos, pensando que ele era escravo. O Velho se agradou dele e quis comprar, mas o barão, com muito cuidado, disse que não vendia, porque o preto era seu filho. Imagina!

Quando Suruí morreu, foi que ele veio pra Inhomirim; como um dia me contou.

— Aqui foi que eu vi de primeiro aquele bichão preto fungando e soltando fumaça. Ah, meu senhor! Aquilo me deu um nervoso, uma gastura... Cheguei a suar frio. Meu dono me alugava pra trepar. Então, tinha gente que achava que eu era uma espécie de puto, biraio, catraio, mundano... Mas não era nada disso. Meu trabalho era de responsabilidade; porque eu tinha que dar conta do serviço. E nessa, eu botei no mundo mais de trezentos filhos: cem pro imperador, duzentos pro barão de Mauá... Fora os que eu tive com as mulheres das fazendas aonde eu ia alugado. Fiquei nessa vida, deitando com duas, três, quatro mulheres por dia nas senzalas em que o barão e o imperador mandavam, mais de trinta anos. Então, eu lhe pergunto: era ou não era um serviço de responsabilidade? Qual o pedreiro, calceteiro, carpina, ou lá o que seja, que recebe encomenda assim e dá conta dela direitinho? Ainda mais trabalhador por conta própria: desses, então, nem se fale!

"Minha vida era gozar... E eu falo gozar não pensando em safadeza, mas no sentido de desfrutar, de usar. Eu gozava de boa saúde e gozava de regalias que o resto dos meus companheiros não tinha. Nunca apanhei, nunca me botaram no tronco, nunca ninguém me acorrentou. Mas vi muita gente — homem, mulher e até criança — levar bolo de palmatória, ter pés e mãos amarrados no 'vira--mundo'... Vi muita gente morrer nessas condições. E vi também muita gente fugir.

"Nessas matas aí por trás, tinha quilombo. E aqui mesmo existiu o mocambo do Zumbi da ilha, onde tinha muito morador que eu conheci na senzala, no tronco, de gargalheira no pescoço. Eles fugiam e iam pra lá. Outra barbaridade que eu vi acontecer foi navio tumbeiro, perseguido pela guarda-marinha, jogando gente no mar, lá fora da baía. Isso foi quando povo da costa virou contrabando. Quando o capitão via que ia ser pego, ele jogava a carga no mar. Vi muita coisa; mas, graças a meu bom Deus, nunca passei por nada disso.

"Mas eu não levava a vida na flauta, com sombra e água fresca, não! Eu tinha que estar ali, firme, a postos, em posição de sentido. Se não... O senhor sabe como é, né? Eu era o único na fazenda que não pegava no pesado. Tinha boa alimentação, comida de sustança e descanso... Mas na hora do trabalho... Era que nem cavalo de corrida; que nem espingarda, carabina, mosquetão: não podia negar fogo; nem dar chabu. Compreendeu? Era uma de cada vez. Mas, de vinte que entravam, quinze pegavam filho.

"Minha descendência, hoje, se espalha por todas estas ilhas, por toda a Baixada e até lá em cima, na Serra. Inclusive tem gente formada, bem posta, de situação que é gente minha e não sabe: tem militar, político, juiz, negociante... Eu, olhando bem o cidadão, eu digo logo: esse é meu! Vê só o meu nariz, olha o formato da minha cabeça, olha minha boca! Alguém vai ter esses traços, assim, à toa? Claro que não, meu patrão!

"E nesse negócio de trabalhar alugado, teve coisa que ninguém pode imaginar. Quer ver só? O senhor acredita que teve um fazendeiro que queria porque queria que eu fizesse um filho nele? Imagina o senhor! Eu disse pra ele: 'Com todo o respeito, eu acho que o senhor está contrariando a natureza, coronel! O senhor está sendo falso ao seu corpo.' Aí, ele caiu em si, ficou muito triste, e viu que eu tinha razão. Porque eu, independente do serviço, sempre gostei, mesmo, foi de mulher. Como gostava de festa, também: festa de rua, festa de igreja, festa em casa de família... Eu não bebia nem fumava, por causa do meu ofício. Mas se tinha música e foguete, eu tava lá. Minha vida naquele tempo era uma beleza, meu senhor! Até que tudo virou de cabeça pra baixo."

O motivo jamais se soube. Porém, um dia, Bento foi embora da fazenda, levando tudo o que podia levar. Aí, o "nego quirido" virou negro fugido; e depois negro bandido.

Sua primeira prisão teve essa alegada fuga como motivo. Mas... aqui pra nós, quem iria fugir de uma vida assim regalada? No entanto, aí é que ele virou fujão mesmo. E a cada reclusão ou simples detenção ele logo fugia, em escapadas espetaculares; o que fez uma, duas, três, centenas de vezes. Até que numa escaramuça com os urbanos foi alvejado por um tiro à queima-roupa que lhe espatifou o braço direito.

O braço direito amputado, mas o esquerdo fazendo valer sua famosa ambidestreza, nascia aí a legenda de Dagoberto... Goberto... Berto... Que, por artes da pronúncia e do jeito como o povo molda as palavras, acabou virando Bento, o Bento Sem Braço, um nome que passou inclusive a ser — como o do Candombe Serê e Tutu Marambá — usado para impor silêncio, respeito e obediência a crianças teimosas:

— Olha que eu chamo o Bento Sem Braço, hein!

Assim, no dia seguinte ao da amputação, a irmã de caridade da Misericórdia, quando subiu ao segundo pavimento e entrou na enfermaria, deu com a cama desarrumada, mas vazia. O facínora tinha fugido pela janela, subindo o Morro do Castelo, onde arregimentou um bando de fujões, acoitados por um padre, e os trouxe pra cá, pra uma destas ilhas onde aos poucos foi formando a sua aldeia.

Bento era muito religioso, como gostava de dizer. Portanto, tinha sempre o pescoço cheio de colares de contas; o peito cheio de medalhas de santos; e não deixava de rezar a oração do meio-dia e a das seis horas da tarde. Onde quer que estivesse, quando o relógio-carrilhão que carregava no embornal batia essas horas santificadas, ele apeava do cavalo, esticava um tapetinho de pele de cabra, ajoelhava nele, botava a testa no chão, e engrolava um "cremdeuspadre", três padre-nossos e quatro ave-marias. Mesmo no meio do mais encarniçado tiroteio, como muitas vezes aconteceu, ele não deixava de cumprir o preceito, que, segundo ele, era parte do pacto que tinha feito, sabe-se lá com que santos ou demônios, para ter o corpo fechado.

De início, o bando se mantinha com o resultado de incursões noturnas às chácaras e assaltos nas estradas. Depois, ampliou sua ação nefasta até as vilas próximas.

Uma das maiores implicâncias de Bento era com as mulheres que cortavam o cabelo. Para ele, mulher bonita era a de cabelos compridos, lisos, sedosos, soltos ou trançados. Quando encontrava uma mulher de cabelo curto, ele mandava os comparsas se servirem dela e depois matá-la — sabe se lá por quê... Pura crueldade! Mas ainda em vida foi castigado.

O caso foi que, um belo dia, descansando na mata, o bando avistou um macaco. Alguém disse que era um gorila, por ser corpulento, preto retinto, de pelo brilhoso. Para outros era um chimpanzé, porque, apesar de grande, era esperto e safado, gostando muito — depois se viu — de pitar, chupar uma cachaça e beijar mulher bonita. Mas Chico Preto, assim foi chamado, era mesmo um bugio.

Então o macaco, que parecia de verdade um homem, passou a fazer parte do bando e de sua mitologia. Diziam que ele atirava melhor que muitos roceiros das roças que tem aqui; que sabia guiar carroça de boi; e que até falava. Pouco, mas falava.

Bento tinha como mulher principal uma loura chamada Marion, que também fazia parte do bando, pois sabia atirar como um homem ou um macaco; e não tinha medo de nada. Mas era meio doida, cheia de ideia de jerico...

E dizem que só não deitava com um montão de homem ao mesmo tempo por medo do Bento. Mas aí aconteceu.

O facínora tinha ido pra cidade e deixado Chico Preto tomando conta dela. Marion não tinha o que fazer; e a gente sabe que cabeça desocupada é morada do demo. Ainda mais a dela, que gostava, de vez em quando, de fumar a tal da tabanagira, que é uma erva danada pra dar ideia errada em quem tem a mente fraca. Então, depois de fazer as unhas, inclusive as dos pés, raspar as pernas com gilete — cigarro na boca —, ela resolveu chamar o bugio.

— Vem cá, Chico Preto! Vem, que eu vou te dar um banho.

O macaco não gostava muito de banho, mas se deixou levar pela mão até a beira do rio, à sombra de uma mangueira muito copada. A loura pegou uma cuité e uma cabaça grande. Encheu a cabaça de água do rio fresquinha, e veio com a cuia:

— Chega aqui, Chico.

E foi escorrendo a água, aos pouquinhos, de leve, bem de levezinho, na cabeça, pelo pescoço, pela barriga do macaco. Que já estava gostando.

Então, Marion tirou o penhoar e ficou nuazinha. Chico Preto arregalou um olhão desse tamanho. E sua natureza, mais do que humana, deu sinal. E que sinal!

A desvairada atirou-se sobre o corpo peludo, empurrando a fera pro chão. O bugio, caindo de barriga pra cima, estranhou a posição; mas logo entendeu do que se tratava quando Marion posicionou sua natureza simiesca entre as coxas lisinhas e começou a cavalgá-lo, gemendo, chorando, apertando, chamando...

— Ai, Chico, Chiquinho… Seu negro safado… Anda! Vamos! Me faz tua escrava!

Mas o pior aconteceu. Bento, de volta, à frente do bando, ouviu os gritos de Marion e preparou-se para revidar o que pensava ser um ataque dos homens da lei.

Qual não foi sua surpresa quando viu a cena…

A reação foi uma só: uma saraivada de balas no casal, o chefe atirando com duas pistolas ao mesmo tempo, apesar do único braço. E um tiro de misericórdia na natureza de Chico Preto.

— Toma, pra tu desaprender de ser homem, seu macaco filhadaputa!!!

Daquele dia em diante, Bento nunca mais pôde nem ouvir falar em macaco; nem em palavras como macaquice, mico, micagem, símio, simiesco… E tornou-se mais perverso e sanguinário do que já era, além de ficar meio sem moral entre alguns de seus asseclas que, lá entre eles, levaram muito tempo rindo um bocado do triste episódio.

Sem Braço e os do seu bando foram ficando cada vez mais violentos, passando dos roubos aos estupros, saques, incêndios e assassinatos por encomenda, por qualquer razão ou mesmo sem motivo. A partir de certo momento, o bandoleiro passou também a alugar os serviços de seus comandados a negociantes, comendadores e políticos na cidade. Segundo muitas opiniões, o assassinato de Ranulfo de Castro, jornalista difamador, morto de emboscada num crime atribuído a um valoroso capitão do Exército brasileiro, teria sido na verdade perpetrado por ele, à traição e de encomenda. Da mesma forma, a chacina que vitimou os sitiantes do desditoso político Mendes Coqueiro, em Conceição do Macabu, teria sido obra do bando de Sem Braço. Que costumava celebrar seus malfeitos com batuques infernais, nos quais exibia sua habilidade no pandeiro, instrumento que tocava com o único braço fazendo o couro rufar e as soalhas chacoalharem por meio de entrechoques do instrumento contra o peito musculoso.

Com a profissionalização de suas atividades criminosas, Bento Sem Braço armou melhor seu bando e fez desta ilha o quartel-general de onde irradiava sua influência para as outras ilhas e localidades vizinhas, como São Gonçalo, Porto das Caixas e Magé, saqueando o comércio, devastando fazendas, sacrificando vidas, impondo tributos e vassalagem. Um dia, entretanto, aquartelado às margens do rio Aldeia, uma das vertentes do rio Macacu, o bando foi surpreendido por uma milícia.

Era noite, chovia muito e todos dormiam em suas barracas. A milícia chegou tão de mansinho que nem os cães pressentiram. De manhã, por volta das seis horas, os bandidos levantaram para rezar e se preparavam para tomar café. Bento Sem Braço acordara preocupado, pois dormira em meio a uma bebedeira e se esquecera da reza da meia-noite. Então, queria pedir perdão e tirar o saldo negativo. Mas não deu tempo. Quando um do bando deu o alarme, já era tarde demais.

Um roceiro, submetido à tortura, teria denunciado o esconderijo dos bandidos. Entretanto, naquele lugar mais seguro, a cambada foi pega totalmente desprevenida. Quando os cinquenta milicianos do tenente Melo Menezes e do sargento Blanc Mendes abriram fogo, os facínoras não puderam sequer esboçar qualquer tentativa viável de defesa.

O ataque durou uns vinte minutos. E poucos conseguiram escapar ao cerco e à morte. Dos 34 bandidos, onze morreram ali mesmo. Bento Sem Braço foi um dos primeiros a morrer. Alguns dos asseclas, transtornados pela morte inesperada do chefe, conseguiram escapar. Bastante eufóricos com a vitória, os milicianos saquearam e mutilaram os mortos, apreenderam todo o armamento, apropriando-se de dinheiro, ouro e joias. Terminada a chacina e o saque, as cabeças, arrancadas dos respectivos corpos, foram expostas na Praça da Matriz, onde ficaram por mais de 24 horas. Depois, os corpos foram encaixotados, permanecendo as caixas no porto por muitas horas mais, à espera da barca que as levaria para o necrotério, próximo ao Cais Pharoux.

O embarcadouro fluvial ficou como lembrança desse momento funesto: "Porto das Caixas." E as marcas de balas, milhares, ainda estão lá, como um aviso aos desobedientes e recalcitrantes para que não se esqueçam de Bento Sem Braço.

O que nunca, jamais, se esclareceu foi a transmutação do feliz, folgado e deleitado escravo reprodutor, comendo bem e amando melhor ainda, em fugitivo, quilombola, facínora, façanhudo. Mas algumas línguas teimam em difundir a versão de que tudo começou nos repetidos fracassos... na hora de cumprir com a principal função de seu cativeiro.

10. A BARRACA DOS IMPOSSÍVEIS

A Capela de Santa Rita era de 1720 e foi erguida pelo devoto Manuel Nascentes Pinto, que a doou ao juiz e procurador da Irmandade da Santa. Com a criação da paróquia, ela foi escolhida como sede da matriz. Mas o filho e herdeiro do doador não consentiu e entrou na Justiça. Diante disso, o bispo, que era truculento, reagiu: se ele não confirmasse a doação, seria excomungado. O fato é que o processo sumiu e ficou tudo resolvido. A capela foi ampliada e melhorada, como também o largo em torno dela, onde até hoje, no dia 22 de maio, se realiza a festa, muito bonita e concorrida. E na qual um dos estabelecimentos mais concorridos é a Barraca dos Impossíveis, cujo nome evoca a santa, também cultuada como "a advogada das causas impossíveis".

A barraca é bem ao estilo daquelas, outrora numerosas, mantidas por africanos endinheirados na cidade. Vende galinhas, verduras, patos, ervas, fumo, perus, abanos, moringas; acaçá, acarajé, pamonha, quitutes; serve parati, vinho, cerveja... Só que, pela proximidade do mar — a

Prainha é logo ali —, sua especialidade é peixe, bastante sardinha frita, fritinha na hora, pra ser comida ali mesmo. E a animação não se restringe ao dia da santa, não! É todo dia e o ano inteiro, só não abrindo na Sexta-Feira da Paixão e no Dia de Finados.

A dona, não por acaso, se chama Rita. É uma mulher discreta, que não chama a atenção pela beleza nem pelas atitudes; e de uma firmeza a toda prova. Gosta de companhias alegres e divertidas, por isso é bem-sucedida em seu negócio, que progrediu, com as dificuldades naturais, mas sem que fosse necessário muito esforço para vencê-las.

No dia a dia, a frequência é mais de marinheiros e gente do cais. Gente de tudo quanto é jeito, de acordo com o momento. E quase sempre com nomes engraçados, como Bom Crioulo, Vista Limpa, Nego Sete, Camunguelo, Lurde Boi, Apaga-luz, Sete Catinga, Seu Lorto... Gente destra na navalha, na viola, no adufe e no verso tirado de improviso:

"Sardinha frita/ no Largo de Santa Rita", canta Antônio Linguado, rufando as soalhas do pandeiro de couro de cobra.

Um dos maiores prazeres de "Rita dos Impossíveis", como gosta de ser chamada, é contar histórias dos tempos antigos, muito antigos. E ela o faz como uma Sherazade, contando tintim por tintim, com rigor na fixação de datas e épocas; pintando ambientes e cenas, como aqueles franceses que andaram por aqui no tempo do rei. Cenas que às vezes recuam ao tempo de sua avó Silvéria, lá nas Minas Gerais.

● ● ●

Na segunda metade do Setecentos, na Vila Rica das Minas Gerais, o negociante português José Domingos dos Reis um dia ficou perdido de paixão por sua escrava Silvéria, filha de uma preta de Benguela. A paixão era tanta que Zé Domingos passou a viver ostensiva e descaradamente amancebado com ela. Silvéria nasceu escrava, e de pai desconhecido, no arraial do Ouro Velho; conforme constava nos assentamentos da Capela de Nossa Senhora dos Remédios, onde recebeu os santos óleos do batismo.

A cerimônia foi curta, apressada. O padre, que nem se deu o trabalho de vestir sobrepeliz e estola roxa, como manda a Santa Madre, muito menos lavou as mãos. Assim mesmo, fedendo a rapé e cachaça, e de qualquer jeito, pegou a pobrezinha, virou de boca para baixo, mergulhou rápido na pia e deu o batismo por concluído.

Ouro Velho ficava às margens do riacho Doce, distante seis léguas do Tejuco. E as palhoças que compunham sua paisagem pitoresca eram resultado da descoberta de ouro e diamantes na região. A riqueza do solo atraiu gente de São Paulo; da Bahia, através do rio São Francisco; e mesmo do reino. A insuficiência de braços forçou a vinda dos negros. E, como o bichinho da cobiça mordia muito mais homens que mulheres — como se acreditava —, era inevitável a promiscuidade, a mistura de brancos com pretas, de reinóis com "etíopes" de várias procedências, predominando gente de Angola e do Daomé.

Mas havia também mulheres brancas que, sem dominar suas vontades, e bem desavergonhadas, se acoitavam com pretinhos na calada da noite. Muitas delas imitavam ou antecipavam, pode-se dizer, alguns exemplos históricos, como o de Paulina Bonaparte, dizem que amante do rei Christophe do Haiti; da duquesa de Orleans, da marquesa de Montalembert e da condessa de Beauharnais, todas afeitas a um "fumo de rolo" — como dizia o povo. Era moda, naquele Setecentos! Como de hábito, desde muito cedo a mãe de Silvéria ia para o trabalho levando a filha enganchada às suas costas.

Muito cedo também a menina foi vendida, passando a infância como escrava doméstica no Tijuco. Assim, aos 7 anos, a pequena Silvéria, ao lado da negra Chiquinha, com quem era unha e carne, já fazia comida, servia à mesa, cuidava da limpeza e arrumava a casa. E já lavava roupa, coitadinha, no rio Santo Antônio, sempre ao lado de Chiquinha — que graças a Deus teve outro destino, muito, muito diferente. As duas, feito um parzinho de jarrinhas pretas, levavam recados, entregavam encomendas, iam buscar água no chafariz. E, aos domingos, iam à missa, acompanhando as famílias dos patrões, na bonita igreja matriz.

Silvéria tinha 12 anos quando Zé Domingos chegou de Portugal e a comprou. Não era bonito nem feio, o lusitano; nem velho nem moço; nem pobre nem rico. Vinha de Póvoas de Eça, um arraial do qual ninguém nunca ouviu falar. Analfabeto, seu pai vendia azeite por miúdo, pelas ruas, trazendo às costas um odre. E sua mãe era também de segunda condição.

Nas Minas, sem pai nem mãe, com apenas umas broas e uns salames no alforje, mas com algumas patacas no bolso e uma virilidade muar, mal bateu o olho na pretinha, Zé Domingos a comprou. E ela, cá entre nós, bem que gostou. Até porque o marujo era trabalhador, lá isso era! E andou dando lá suas bamburradas nas minas. Assim, os dois foram vivendo, "de dia, lavando a roupa; de noite, beijos na boca", os mulatinhos sendo gerados e nascendo na mesma rapidez e proporção em que sucumbiam. De forma que vingaram só dois, Quirino e Quitéria. E Silvéria dizia:

— Fechei a tampa.

A questão é que, naquele Setecentos, naquelas Minas Gerais, as crianças morriam muito mais que hoje. E mais que tudo pelas condições de higiene em que se vivia, as quais, dada sua precariedade, matavam os inocentes logo na primeira idade. Dava muito tétano, tifo, gastrenterite, tuberculose. E as condições de vida, de modo geral, já não eram boas. Além disso, Zé Domingos nunca mais tinha bamburrado, estava vivendo de biscates e a coisa realmente estava feia. Assim, por sugestão da própria Silvéria, que ainda era sua escrava, resolveu alugá-la aos serviços de uma rica senhora de São João del-Rei. Era longe, mas o que se havia de fazer? O tropeiro Paulo Amador ensinou o caminho:

— Pro Tijuco, vosmecê transpõe a Serra de Minas, atravessa o rio Cipó, chega-se ao rio das Velhas, desce até a Lagoa Santa, chega a Santa Luzia, cruza a serra da Moeda, chega a Barbacena, sobe o rio das Mortes... Pronto! Vila Rica!

O tropeiro fazia esse caminho duas vezes no ano.

Silvéria passou a vir em casa de três em três meses, quando dava; e enquanto isso Zé Domingos tocava a vida, ajudado por Quitéria, que já estava grandinha. O irmão, Quirino, tinha sumido na mata, parece que comido por onça — bicho que gosta de carne de preto, porque é docinha, dizem.

A rica senhora de São João del-Rei se chamava Dona Bárbara e escrevia versos. Tinha nascido lá mesmo em São João, mas era filha de paulistas, de bandeirantes; além de casada com o dr. Alvarenga, quinze anos mais velho e que também escrevia versos. Gente poeta essa das Minas!

O dr. Alvarenga tinha vindo do Rio de Janeiro, nomeado ouvidor da comarca de Rio das Mortes, cuja sede era em São João. Mas em pouco tempo, graças às boas influências que tinha, aposentou-se para cuidar de várias fazendas, com mais de duzentos escravos no total. A família vivia bem, o casal e quatro filhos. Mas como rico nunca está contente com o que tem e sempre quer mais, Dona Bárbara resolveu alugar mais uma negra, no caso, a nossa Silvéria.

Alvarenga ia sempre a Vila Rica, onde tinha muitos amigos, entre eles Gonzaga, seu primo, bacharel por Coimbra e recém-nomeado ouvidor. Logo que chegou à Vila, Gonzaga, janota, peralvilho, sempre bem-vestido e perfumado (isso para disfarçar os anos que já lhe caíam sobre os ombros) se encantou pela filha de um certo capitão, moça de apenas 15 anos. E se desmanchou em versos, cartas, flores, o que deixou a menina estonteada.

De vez quando Silvéria também ia a Vila Rica, emprestada à casa do capitão, e acompanhou todos aqueles arroubos. Mesmo porque Dona Bárbara não via com bons olhos as atitudes daquele velhusco, a cara empoada até a peruca, e manifestava sua censura abertamente:

— Pouca vergonha! Lobo velho posando de pastor! — Mas ele insistia, usando o pseudônimo Dirceu em versos nos quais a chamava de Marília. Da mesma forma que Cláudio se dizia Alceste e chamava Nize à sua amada. Incandescências mineiras!

Porém, nem só de poesia viviam aqueles vilões ricos de Vila Rica e São João del-Rei. Silvéria não sabia ler nem escrever, mas era esperta. E já tinha entendido que, entre um verso e outro, eles falavam de política, assunto perigoso...

Então, de repente, a bomba estourou. E aí, lá foi o Dirceu pálido de espanto, mãos amarradas, levado preso sob escolta para Vila Rica e depois para o Rio de Janeiro. E o Alceste também, logo depois.

— Quer saber de uma coisa, Zé Domingos? A coisa tá feia nessas Minas. Acho bom a gente juntar nossos trens, nossos panos de bunda, e picar a mula lá pro Rio de Janeiro. — Assim, Silvéria passou a ser o homem da casa.

No tempo melhorzinho, a família comia do que plantava na roça. Tinha milho, feijão, mandioca, farinha de pau, carne de paca, tatu, cutia, galinha nos dias de festa... E fruta, muita fruta. Mas a coisa foi ficando, mesmo, cada vez mais feia; a comida foi minguando, minguando, minguando... Dessa forma, aquilo que eles chamavam de comer agora era apenas despejar farinha no tampo da mesa e cada um ir se servindo com os dedos, arremessando rápido bocados dessa farinha na boca. Então, Zé Domingos não teve alternativa. Vendeu Quitéria, sem ela nem a mãe saberem, para outro português, enganando que depois voltava para buscá-la; e veio com a mulher para o Rio, ela já buchuda de novo, apesar de não ter mais idade pra isso.

Na viagem, Silvéria se lembrava de sua amiga Chiquinha, que era só um pouco mais velha que ela. Sabia que ela havia se amigado com um português rico e tinha filhos. Que depois amigou com outro português mais rico ainda e teve mais filhos. Que trocou o gemido da senzala pela fidalguia do salão; que zombou dos fidalgos de Vila Rica; que com a influência e o poder do ricaço, educou os filhos — um virou cientista, o outro virou herdeiro de morgado e as meninas eram freiras...

"É... cada um com seu destino! E Chiquinha mereceu o dela." Silvéria se conformava, talvez antevendo que Zé Domingos iria morrer no meio da viagem, em lombo de cavalo, pelo meio do mato, sem conhecer o Rio de Janeiro. Um Rio de Janeiro onde ecoavam ideias e discussões que sacudiam o mundo. E que agora tinha um rei, escondido de Napoleão, o imperador francês.

•••

A avó da Rita dos Impossíveis, que veio das Gerais no bucho da valorosa Silvéria — alforriada pela morte do marido —, ouviu essa história e contou pra sua filha Pulquéria, que cresceu trabalhadeira, esperta em comércio, juntou algum dinheirinho... E ganhou uma filha também:

— De um marinheiro desses aí, que foi embora, mas só me deixou coisa boa — dizia ela, entre boas gargalhadas, proseando no chafariz do Largo de Santa Rita.

Agora, Rita dos Impossíveis, na lida de todo dia, se lembra da saga que sua mãe fez questão de lhe passar, como uma lenda, um relato mitológico. E que ela tem o maior gosto em repetir pros fregueses mais chegados. Pensa nisso, enquanto examina com cuidado os peixes que o barqueiro vai despejando na banca. São atuns, espadartes, hipocampos, lúcios, robalos, salemas, sardinhas — peixes que não havia nas águas brasileiras, mas que, não se sabe por quê, aqui chegaram, talvez seguindo as naus portuguesas —, tainhas, jaús, pirapitangas, cações, raias, peixes-serra, peixes de cartilagem... dava pra se escrever um verdadeiro tratado de ictiologia, ali naquela barraca simplesinha.

Rita pega uma cocoroca, examina a guelra, separa. Pega agora uma savelha, examina, cheira e separa também. O moleque, rodilha na cabeça, espera entediado, o cesto já preparado para receber as compras. E a vendeira não percebe o tubarão que lhe chega por trás, luzindo na farda de guarda-marinha. Logo ela, que tem sentidos aguçados, tato, olfato e gosto atentos às aproximações masculinas. Assim, leva um susto com a abordagem do militar, com aquele olho de peixe morto:

— Vossa Excelência aceita os préstimos deste humilde criado?

É mulata clara, a Rita. E, embora "de saia", traja-se com elegância; sua pele clara cheira a cambucá; e, assim, o louro guarda-marinha, embora tocado por uma atração histórica, de mais de quatrocentos anos, não hesita em chamá-la de Excelência.

Nunca foi tratada assim, a Rita. Nem sabe bem o que são préstimos. Mas é mulher. E como! Então, passado o susto, recupera a altivez e o *donaire*, apenas sorrindo, maliciosa.

— Sardinha frita/ no Largo de Santa Rita. — O batuque está animado.

Dois anos após esse encontro fortuito, e depois de um filho, anjinho pálido e frio — Deus o tenha no limbo onde se encontra! —, eis aí Rita, com um barrigão deste tamanho, parecendo uma pata choca, com a maior dificuldade para tocar os negócios da primitiva quitanda, agora transformada em venda, apesar do nome "barraca" no letreiro; e da batucada contagiante:

— É sexta-feira, está formada a brincadeira:/ Sardinha frita, no Largo de Santa Rita!/ Lá na rua de São Bento era o Armazém Geral./ Mas isso ainda no tempo do monopólio real.

O guarda-marinha se formou oficial, casou com uma jovem de sua condição e se fez ao mar. Inclusive, parece que anda aí pela baía, metido nessa barafunda armada pelo almirante Custódio de Melo. Mas Rita... Isso nem é com ela!

— Vou de vento em popa, meu sinhô! — responde ela com uma gargalhada.

Ao que o Camunguelo tira a flautinha do embornal e mete lá um lundu animado, que é acompanhado nas palmas por Setembrino, Aniceto, Fuleiro, Vista Limpa e outros companheiros do cais. Porque a Taberna Rita Feliz, como está lá garranchado na plaqueta de madeira, é o ponto preferencial dos estivadores, barqueiros, catraieiros, apreciadores de cachaça com sardinha frita, o local mais frequentado do Largo de Santa Rita.

— É sexta-feira, está formada a brincadeira:/ Sardinha frita, no Largo de Santa Rita!/ A rua Visconde de Inhaúma, de nomes já teve três:/ foi rua dos Pescadores e, depois, Manuel dos Reis.

Aniceto tira o verso na hora; e Tantinho responde:

— A rua Teófilo Otoni/ também quatro nomes/ já teve a bendita:/ Serafina, Dos Três Cegos/ e Detrás de Santa Rita.

Rita dos Impossíveis se diverte muito. E se lembra do que sua mãe contava.

Ali, na direção da Prainha, ainda está o prédio do aljube dos padres, a prisão para os condenados à forca, que lá assistiam à última missa antes da execução. Foi o caso do Tiradentes, há cem anos.

O chafariz onde a negrada se acotovelava e empurrava para pegar água não existe mais. Nos fundos da igreja, porém, o ambiente é quase o mesmo. Ali estão pretos também, mas vendendo em barracas e tabuleiros, enquanto outros se espalham pelo chão, tirando uma soneca na sombra. E, na estação do trapiche, os passageiros que seguem para a serra.

— Olha a barca de Petrópolis! Quem vai?/ Quem não for agora/ amanhã tem mais!

Da porta da barraca, Rita dos Impossíveis — com o filho quase branco no colo — ouve o repique dos sinos de Nossa Senhora da Saúde. O toque significa que o Viático está prestes a sair, percorrendo as ruas para salvar a alma de um moribundo, ungindo-o pela extrema vez com os santos óleos. Que, claro, não são os mesmos do comércio da Rita.

Por conta desses óleos, o apetitoso cheiro de sardinha frita paira sobre as ruas vizinhas ao Largo de Santa Rita e chega até o Morro de São Bento, parecendo que vai ficar ali para sempre, *per omnia saecula saeculorum.*

11. O ALFERES

Uma das missões em que mais se empenhou o dr. Pinto Ferraz em sua curta mas proveitosa passagem pela Chefatura de Polícia do Distrito Federal foi o combate à prostituição. Em sua época, como escreveu o douto e elegante Herédia de Sá — celebrizado pelos coletes de cetim brocado que ainda mostra nas *soirées* da rua do Ouvidor —, esse grave problema social se alastrava sem freios por toda a cidade do Rio de Janeiro. E se espalhava, difundindo o onanismo, a sodomia, o "interfemural", o "antinatural" etc., do centro aos arrabaldes, dos subúrbios à zona rural, chegando inclusive a algumas das mais remotas ilhas da baía e à Praia Grande.

Entretanto, muito mais que seu extremo empenho nesse combate, o que mais chamava a atenção no trabalho do grande Pinto Ferraz é que ele tinha como seu braço direito uma mulher, a inspetora de Saúde e Higiene Pública, enfermeira Eulália Matoso, mais conhecida como "dra. Matosão".

Eulália... Ou melhor, a Matosão — como fazia questão de ser chamada — nasceu em São Luís do Maranhão, onde viveu boa parte da infância e da adolescência. Ainda criança, como constava de seu prontuário, já se expressava bem em francês e inglês. Assim, cedo começou a frequentar os círculos intelectuais da capital maranhense, já então reconhecida como a Atenas brasileira. E, mal entrada na adolescência, veio para a capital federal, tornando-se a primeira mulher a ingressar na Escola de Anatomia, Medicina e Cirurgia, num caminho do qual acabou se desviando para introduzir-se no campo ainda experimental da psicologia, após ter contato com as ideias de Bergson, Mazurkiewicz, Platini, Bécaud, Olivier Regardes e outros luminares.

Pinto Ferraz, em boa hora, entendendo que o encaminhamento das questões relativas ao grave problema da prostituição e do proxenetismo, muito mais que um tema de saúde pública e de criminologia, era algo que envolvia o conhecimento aprofundado dos desvãos da alma feminina, integrou a Matosão à sua equipe. E uma das primeiras missões que lhe deu foi desarticular a teia de meretrício em que se enredava um caso antigo: o rapto hediondo de uma menina de 11 anos e sua entrega ao lenocínio, crime perpetrado, segundo fortes indícios, por um tipo popular na cidade, que se dizia portador de um título de nobreza.

Para preservar o sigilo das investigações, o indiciado era apenas referido como "o Príncipe". E foi para saber dele que a Matosão chegou, naquela terça-feira chuvosa, a Tubiacanga, no litoral norte da Ilha do Governador. E isso depois de uma viagem nada tranquila.

Pois é... No momento em que passava pelo canal do Fundão, a falua que pegara no cais da Prainha quase foi atingida por um balaço de canhão, vindo do Jequiá. Lá, de dois morrinhos equipados com dois canhões navais, o almirante Saldanha, apoiado por vinte marinheiros e vinte fuzileiros, enfrentava o avanço da tropa governista do general Silva Teles. Mas o barqueiro era traquejado e manobrou a boreste, no rumo da Praia de Itacolomi. O susto foi grande. Mas agora, graças a Nossa Senhora dos Navegantes e Santa Madalena, eis a dra. Eulália Matoso no suposto alcouce, objeto da investigação.

Trata-se de um sobradão de dois andares e loja, por certo construído no fim da Regência ou no começo do Segundo Reinado, com salas amplas, porém mal iluminadas, com pouca ventilação, como sói acontecer em todos os cortiços.

A menina raptada já é uma mulher feita e perfeitamente acabada, em todos os sentidos. Afinal, já se passou muito tempo. E ela é apenas mais uma entre as muitas seduzidas e abandonadas por príncipes de fancaria, nesta cidade que ninguém sabe mais onde vai parar.

— Então, a senhora vê se está certo isso: só agora, dois anos depois — imagina! —, alguém vem me contar que ele morreu. Eu tinha que ser a primeira a saber.

A investigadora concorda, balançando a cabeça e sem parar de anotar o que ouve, em sua caderneta de campanha.

— Eu sei que aqui é o cafundó do judas, o fim do mundo, uma ilha escondida no fundo da baía — a moça choraminga. — Mas não custava nada me mandar um recado, um bilhete, uma carta. Ia demorar, mas chegaria... Inclusive, eu achei o retrato dele numa folha de jornal velho, que veio embrulhando umas compras, veja só! Mas como eu não tenho leitura. O retrato é este aqui, ó... — A raptada mostra na parede uma gravura empoeirada. — Eu recortei, colei no papelão e botei na moldura.

Matosão interrompe a escrita e examina o retrato encardido, emoldurado com papelão. A menina, carinhosa, gaba o serviço:

— Está bonito, não está?

A doutora observa a farda, talvez colorida, com os galões, certamente dourados; e devolve a foto de volta à parede do quartinho. A moça enxuga uma lágrima.

— Como é que eu ia saber que era notícia ruim? Nessas horas é que a gente vê como é triste não saber ler. A gente fica igual a cego. É muito triste, madame...

Eulália Matoso retoma a escrita. E, agora, além de escrever, rabisca um croqui, à margem do texto. A depoente prossegue, chorosa.

— A gente já tinha desmanchado e separado. Mas a admiração que eu tinha por ele não diminuiu nem um tiquinho. Podem dizer que era maluco, com mania de grandeza; que bebia, que era isso e aquilo... Mas pra mim, na minha lembrança, ele vai ser sempre o capitão, o herói. Foi um homem com uma história muito bonita...

O príncipe dos sonhos de Conceição — este o nome da moça de Tubiacanga — era alto, forte e espadaúdo, como ela diz, e como convém a um membro de qualquer aristocracia. Sempre rigorosamente bem-vestido, usava "cruazê" (sobretudo abotoado em transpasse, cruzado: do francês *croisé*), calças afuniladas, polainas e cartola no alto da cabeça. E, assim, chamou sua atenção primeiro pelo traje. Porque Conceição nunca tinha visto um preto calçando sapatos, botinas ou mesmo alpercatas. E muito menos de sobretudo, cartola, luvas e bengala. Então ele era um graúdo, um chefe, um rei africano; só podia ser. Não disse, mas era. Mesmo não tendo assim se apresentado, como ela agora recorda.

— Pois então, minha pequena?!... Manuel Constâncio Baraúna. Assim é que eu me chamo. E digo mais pra vosmecê: nasci em Cachoeira, no Recôncavo da Bahia. Minha mãe era forra. E meu pai — se é que eu posso dizer assim — era filho dos donos do engenho onde minha avó foi cativa. Viu? Estamos apresentados.

Para Conceição, ele tinha uma voz muito bonita, de cantor de ópera; falava o português correto, bonito. E contou a ela a história de seu nome, de sua vida:

— Na Independência, o senhor desse engenho, onde minha avó foi cativa, trocou o sobrenome português por um nome de índio, como fizeram muitos outros, pra demonstrar brasilidade e fidelidade ao imperador. Baraúna ou Braúna é o nome tupi de uma árvore de madeira escura. E o sinhô fazendeiro tinha, pelo que eu sei, a pele bem morena. Aliás, como muitos outros portugueses, não só descendentes de mouros, mas de pretos africanos mesmo. Então, eu ganhei o sobrenome do meu avô. Mas fui entregue pra criar a um outro, que foi meu padrinho.

Conceição não entendia quase nada do que ele queria dizer. Mas a voz dele provocava nela uma leseira, um cansaço bom, gostoso. Parecia um feitiço, um encantamento.

— Uma ocasião, ele me disse que era bisneto de um rei. Mas essa história ele contava quando estava alegre, feliz, depois de uns golinhos de parati. Outras vezes, quando passava da conta e ficava emburrado, de calundu, ele contava a outra história. A do sinhozinho da fazenda pegando a escrava à força, fazendo o filho nela e depois sendo mandado pro Recife, pra se formar doutor. E ele sendo criado por um casal agregado, padrinho e madrinha. Ele contava isso com raiva. O padrinho — ele dizia — não ria, não fazia carinho, quase não falava, mas não era mau. Tanto que botou ele pra aprender a ler, escrever e fazer as... como é mesmo? Ah! A fazer as "quatro operações". Eu nunca entendi direito o que era esse negócio de quatro operações. Mas ele sabia.

A Matosão anota, em caracteres taquigráficos, todo o relato de Conceição. Mas até agora a moça ainda não trouxe nenhuma contribuição à sua investigação. Conceição fala, fala... Matosão escreve, escreve... Até que...

— Eu também nunca tive pai; só mãe. A gente era muito pobre, e ela acho que me via mais como uma carga, uma coisa ruim pra ela. E eu ficava imaginando um homem que fosse meu pai, que me desse carinho, que me protegesse. A primeira vez que eu vi o Alferes... Era assim que ele gostava que eu chamasse; e no começo eu pensava que esse era o nome dele, como Alfredo, Altivo, Alberto. Aí, eu chamava: "Seu Alferes..." Mas a primeira vez que eu vi, eu tive medo. Foi na rua, e ele falou comigo com muito carinho. Eu tinha 11 anos e vivia sem rumo, procurando alguma coisa pra comer, procurando... sei lá o quê. Quando ele chegou e perguntou se eu estava com fome, eu disse que sim. Aí, ele me levou até o tabuleiro de uma baiana que vendia aquelas comidas cheirosas, gostosas.

Matosão escreve, escreve...

— A baiana pediu a bênção; e aí eu vi que ele era mesmo uma pessoa importante. Quando ela perguntou o que eu era dele, ele se adiantou e disse que eu era uma afilhada. Aí eu gostei. Já pensou ser afilhada de um rei, de um príncipe? O fato de ele ser assim, escuro, não fazia diferença. Ele tinha uma voz muito bonita. E se vestia muito bem, tinha um cheiro bom, e eu comecei a me sentir muito feliz ao seu lado. Dali fui pra casa dele; eu com 11 anos só. Então, ele me trouxe pra cá e me entregou à senhora daqui pra cuidar de mim. Mas toda semana vinha me ver. E fazer "aquilo" comigo... Primeiro, eu chorei muito. Mas ele era carinhoso e aí eu fui me acostumando. E gostava de ouvir as histórias da vida dele. Mas um dia a senhora daqui morreu. Por sorte eu já era grandinha e consegui me defender. E quando ele chegou, tudo resolvido, me deu doce, me deu dinheiro pra eu comprar as coisas e ainda me levou pra dar uma volta.

Matosão escreve, escreve, escreve. E a trama que investiga vai se desenhando em seus escritos. Mas de repente... Horror! Os canhões troam de novo do outro lado da ilha. E a notícia chega rápido, junto com o pânico, em meio ao corre-corre geral. Os florianistas desembarcaram no Galeão e a batalha pela posse da Ilha do Governador é encarniçada. Logo, entretanto, a noite cai, o silêncio vem com ela e se espalha por toda a baía. Couraçados, cruzadores, torpedeiras, baterias flutuantes guardam a República mal nascente, não deixando passar nenhum bote, falua, escuna, saveiro... O inimigo está sitiado. E Eulália Matoso também. Assim, Conceição, prestimosa, cede sua cama para a doutora descansar; e estende no chão uma esteira, onde procura dormir.

Matosão tira a cartolinha, descalça as botas e as meias, despe o dólmã e o culote de brim, desfaz o laçarote do pescoço, solta os cabelos, e se põe à vontade. Recosta-se na cama — aliás, um catre, quase uma tarimba —, retoma o lápis e o bloco de campanha e pede que Conceição continue a contar sua história. A pequena suspira:

— Ah, madame! Como era bom passear com ele na praia!

Eulália para de escrever; e se concentra na expressão da moça, que fala de olhos fechados, enlevada, transportando-se ao passado.

— Foi com ele que eu conheci este mar. Num passeio de barca à Ponta da Areia, lá do outro lado. Era uma quarta-feira, de tarde, a barca estava quase vazia, e os passageiros olharam desconfiados. Um preto grande daquele levando pela mão uma menina branca, boa coisa não era. Devia ser um bandido, um escravo mau. Mas ele estava calçado e muito bem-vestido, como sempre andava. Pra mim, tudo era alegria e eu andava pela barca naturalmente, admirando a beleza da paisagem. Realmente, esta baía é muito bonita!

Conceição fala, fala, fala... Doce, doce, doce...

— Chegamos à Ponta da Areia e soubemos que a barca ia até Piedade de Magé, voltando só dali a duas horas. Ele resolveu saltar. E passeamos pela praia, espiando as casas, os sobrados antigos, as árvores, os passarinhos...

Tudo era muito lindo: aquela pedra que parece um índio; aquela outra; e lá adiante, do outro lado, na entrada da barra, o Pão de Açúcar... Parecia um quadro, uma pintura. Entramos num atalho e dali a pouco estávamos num lugar feito um bosque. Ele pegou uma flor e me deu. E embaixo de uma mangueira, numa sombra gostosa, deitamos na grama pra descansar um pouco. Só sei que, quando a gente resolveu voltar, o dia já estava escurecendo. E quando a gente chegou ao cais a barca já tinha voltado e ido embora.

Eulália Matoso não escreve mais. Nem ouve... Mas Conceição está totalmente possuída por suas belas lembranças.

— Eu estava feliz, muito feliz, mas meio cansada e com um pouco de fome. No canto da praia tinha uma venda, com uns barqueiros bebendo parati e conversando. Eles também estranharam nossa presença. Um preto... Mas ele impunha respeito. E, com autoridade, perguntou o que tinha pra comer. Tinha peixe, claro! E o homem fritou umas sardinhas, que nós comemos com pão e vinho. O meu foi com água e açúcar, porque eu ainda era uma criança; e é assim que criança bebe vinho.

Os lábios róseos lambem os dedos finos.

— Alimentados e tal, ele chamou um bote maior, que levou a gente de volta. O barqueiro pediu um bom dinheiro e cobrou adiantado. Ele nem discutiu: meteu a mão no bolso e pagou o que o homem pedia. Ninguém podia imaginar que um preto tivesse aquele dinheiro todo.

Conceição parece dormir. Mas assim mesmo fala.

— Que dia maravilhoso! Eu nunca vou me esquecer daquele passeio. Foi ali que nasceu o meu amor por esta baía. Pela mão do alferes... Meu Príncipe.

A Matosão já não consegue mais coordenar as ideias.

— Teve outro dia que ele me levou pra conhecer um "restorã", como ele dizia. Era uma casa de pasto, mas de rico. E sabe onde era? Imagina! Em Botafogo, no Pavilhão de Regatas que era uma coisa muito bonita, muito importante. Mandou que eu me arrumasse melhorzinho e fomos pra lá. Era um lugar muito bonito, muito chique; por isso, ele também foi muito bem-arrumado. Só que quando nós chegamos, o homem lá não deixou a gente entrar. Pensei que era por minha causa; e até ia dizendo que era afilhada dele, qualquer coisa assim. Ele me calou, teimou, insistiu, ameaçou e o homem chamou o dono. Mas não era por mim, não: o homem não quis deixar ele entrar porque ele era preto; e preto lá só entrava como empregado ou entregador de mercadoria. Aí ficou aquela confusão, entra, não entra... Até que apareceu uma mulher muito bonita, por nome Maria de Mello, como depois eu soube. Mulher valente, aquela! E tomou as dores dele. Discutiu, falou com o dono e o homem não arredou pé. Aí ela, muito decidida, pegou um cupê desses de aluguel e chispou pro cais, como a gente soube depois. E nós ficamos lá fora, esperando. Dali a pouco ela voltou, na frente de uma fila de outros cupês, cheios de gente. Eram todos pretos, estivadores. Que saltaram dos coches pra garantir a nossa entrada. O dono do tal Pavilhão de Regatas viu que não tinha jeito e deixou a gente entrar. Mas o meu Príncipe deu um tapa com luva de pelica nele: "Enfia seu pavilhão onde couber, seu branco de merda!" Dito isso, ele deu o braço direito a Maria de Mello e o esquerdo, que é o do coração, deu a mim. Então, nós voltamos pra cidade e fomos pra rua do Ouvidor, que era muito mais chique. Nunca mais esqueci aquele dia.

Conceição fala, fala, fala... Mesmo dormindo. E a dra. Eulália Matoso já não escreve mais uma linha, pois o bloco de campanha e o lápis escaparam de seus longos dedos, que agora trilham caminhos nem um pouco ásperos, agrestes, pedregosos — muito pelo contrário! — nos cabelos, olhos, cheiros, seios... Na pele ainda lisinha e sedosa da menina raptada. Que já não fala, fala, fala... E agora sonha, compartilhando o sonho com a amiga, que sonha juntinho com ela.

No sonho, Eulália Matosão é o Príncipe Negro, ele mesmo, com sua voz abaritonada de cantor de ópera, retomando o fio da meada, contando a história que já não lhe interessa mais e entremeando o relato com um velado poema de amor grego.

Vim até aqui, a este santo templo
Agradável bosque de macieiras e altares fumegantes
*   de incenso*
Onde a água fria ressoa por entre os ramos das
*   macieiras*
E goteja das folhas trêmulas, por onde sono desce,
*   mágico.*

Conceição ressona, ressona, ressona...

Eu sou o amante sentado à tua frente
Te ouvindo falar, encantadora
O coração saltando-me do peito
E um fogo sutil correndo-me sob a pele

Lá fora, o mar bate forte nas pedras de Tubiacanga.

Deixa teus vagos anseios, minha bela, e vem!
Em meu corpo espera-te um santo templo
Diluído num bosque suave de macieiras...
Vem ouvir a água fria que se esconde por entre os
    ramos...
Vem depressa, amada minha, enquanto o dia e as
    flores não murcham
E bebe comigo o néctar perfumado da nossa festa...

Uma rajada mais forte do vento arranca uma palma do coqueiro com forte estrépito e Eulália Matoso acorda. O cheiro bom do café quentinho invade o cômodo e Conceição o serve numa caneca de lata. A investigadora acaricia seus cabelos, toma o café, espreguiça-se e procura por suas ferramentas de trabalho, o bloco e o lápis, que a menina pega no chão e lhe entrega.

— Que história, hein, minha Sherazade?! — A exclamação vem acompanhada de um beijo no rosto, quase fraterno. — Anda, vai! Conta mais!

No alto da página, a nova data é marcada. Conceição retoma o fio da meada.

— Depois de certo tempo, eu notei que ele estava diferente. Começou a ficar ranzinza, sem paciência, bruto. Gritava comigo, ameaçava bater. E eu discutia com ele, mesmo. Uma noite, chegou aqui bastante embriagado, pois tinha bebido pelo caminho. Aí, na cama, quis me forçar a... A senhora sabe... E eu não gostava daquilo: machucava muito... Ele era muito grande, e eu era uma franguinha, tinha só 12 anos, madame! Chorei muito, mas... O que que eu podia fazer?

"De manhã cedo, ele acordou sem graça, escabreado, envergonhado; se lavou, se arrumou, ofereci café e ele não quis. E foi embora, pegar a barca pra cidade. Passou duas semanas sem aparecer. Eu comecei a ficar louca, sentindo a falta dele e querendo saber se tinha acontecido alguma coisa. Mais uma, mais duas, mais três semanas; um mês, dois meses... E um dia eu soube: ele tinha uma noiva e ia se casar com ela.

"Era uma moça de cor, assim como ele. Que ele enganou, dizendo que era príncipe, 'Príncipe Oba de Nagô', uma coisa assim. E aí, ó, fez mal a ela, como fez comigo. Mas ela era afilhada de um barão, conselheiro do Império, veja só. Aí, quando soube que ele tinha feito mal a ela, o barão encostou ele na parede: 'Ou casa com ela ou eu mando te castrar, cortar o teu pescoço e jogar tua cabeça no meio da baía.' Aí, casou, claro! E nunca mais eu soube dele.

"Tem uns dois anos eu vi outra vez, parece, o retrato no jornal. Eu acho que era ele. Estava fardado, mas não era de alferes, não. Era uma roupa de marechal, de príncipe, sei lá... Vestia um fardão, tinha um chapéu armado, umas plumas, uma espada na cinta, muito bonito! Não sei se era de verdade ou era uma fantasia. Porque foi perto do Carnaval, eu acho, que saiu esse retrato. Era ele escritinho; só que um pouco mais velho. Como eu não sei ler, só vi a figura.

"Agora a senhora... Agora você vem me dizer que ele morreu há uns dois anos. Então, foi ele mesmo que eu vi no jornal, mais velho."

— Foi uma febre estranha, minha filha — Eulália conta com muito sentimento. — Ficou uma semana de cama. E, pelo que eu apurei, recebeu muita visita. Os vizinhos do cortiço chamaram o Juca Rosa, um pai de terreiro, que lhe deu uns passes, bateu ervas em seu corpo e lhe disse que, pelo sim pelo não, ele cuidasse da salvação de sua alma, pois a matéria corria perigo. Até que ele pediu que o deixassem sozinho. Aí, começou a falar umas coisas misturadas, naquela língua que os pretos usam quando estão entre eles. E assim foi — como me contaram —, feito um passarinho.

Conceição cai no choro, soluçando. Eulália Matoso a abraça e conforta, já absolutamente certa do que deve informar em seu relatório. A investigadora sabia dos célebres conventilhos, onde se instalava a prostituição no centro da cidade. Sabia da negra Barbada, que já sessentona, ainda mantinha lupanares desse tipo, para os quais arregimentava mulatinhas escravas, mucamas bonitas, todas de pele quase branca, todas muito novinhas, ainda de vestidinho curto, que ela comprava sem discutir preço; e logo depois alforriava sob condição, para fazerem a vida em seu proveito. Sabia das casas de passes, dos zungus, mantidos por negros quitandeiros ou barbeiros, nos fundos de suas lojas... Mas o cortiço de Tubiacanga não se encaixava em nenhum desses perfis.

Assim, três dias depois o relatório já está na mesa do dr. Pinto Ferraz, que o saboreia, entre prazerosas baforadas no charuto que lhe veio de presente da Bahia. Da outra baía.

Excelentíssimo sr. chefe de polícia do Distrito Federal:

Em cumprimento à ordem de investigação criminal emanada de Vossa Excelência, vimos pelo presente informar o que vai a seguir exposto: 1) Que no dia 26 último, dirigimo-nos em diligência à Praia de Tubiacanga, na freguesia da Ilha do Governador, com o fito de colher o depoimento de Conceição de Tal, branca, maior de idade, moradora no sobrado sem número que é a única edificação de alvenaria erguida naquele balneário, sobre o informado funcionamento naquele local de um estabelecimento destinado à exploração do lenocínio, como capitulado nos artigos 277 e 278 do decreto nº 847 de 11 de outubro de 1890, ou seja, do Código Penal dos Estados Unidos do Brasil, no modelo conhecido como conventilho, como transcrevemos a seguir. 2) A depoente declarou que há cerca de 5 (cinco) anos foi levada para aquele ermo local pelo indivíduo que conheceu como Alferes ou Capitão Baraúna, de cor preta, estatura elevada, corpulento, que alterna em seu comportamento momentos de brandura e carinho com outros de extrema violência. 3) Que o indigitado Alferes ou Capitão a levou para residir naquele local depois de coabitar com ela em um cômodo da habitação coletiva situada na rua do Barão de São Félix, no distrito da Saúde, freguesia de Santa

Rita. 4) Que, antes, a depoente não tinha residência fixa, pois sendo órfã de mãe e filha de pai ignorado, vivia nas ruas, como menor desvalida, albergando-se onde se lhe oferecesse abrigo. 5) Que ela, a depoente, que conta no momento deste termo 19 (dezenove) anos de idade, tinha apenas 11 (onze) quando conheceu o indigitado Capitão ou Alferes. 6) Disse, mais, a depoente que o elemento em tela a tratava como "padrinho", prodigalizando-lhe, além da moradia, alimentação, roupas, artigos de higiene e limpeza, tratamento de saúde e pequena ajuda financeira, suficiente para fazer face às suas necessidades primárias. 7) Que em troca dessa acolhida, a depoente prestava ao indivíduo supracitado favores de natureza erótico-sexual, que iam de simples carícias ao ato carnal completo, com penetração, nas posições convencionais de decúbito dorsal e ventral, além de práticas da sexualidade heterodoxa, tais como as cientificamente catalogadas como "*luxuria manuensis*", "*felatio*", "*cunilingua*", "*coitus inter-femora*" etc., incluindo-se nesse rol infame a nefanda prática da sodomia [...]

O delegado Pinto Ferraz interrompe a leitura, levanta-se, vai até a janela e inspira o cheiro forte que vem da cidade lá fora. Ele sabia da competência de Eulália Matoso e reconhecia sua erudição maranhense. Mas não imaginava que ela iria produzir um relatório tão circunstanciado e tão científico. Inclusive com aquelas expressões em latim, dignas de um Hélio Gomes. Assim pensando, dá uma baforada, inunda ainda mais o ar da sala com o aroma de seu "Leite Alves" classe A... E retoma a leitura:

[...] 8) Disse ainda a depoente que o apontado a levara para morar no casarão de Tubiacanga, cerca de dois anos após conhecê-la, sob a alegação de que o ambiente na rua Barão de São Félix e adjacências tinha se tornado pouco adequado à educação da depoente, com o aumento dos chamados zungus, casas de fortuna, calundus e candomblés, frequentados por gente de baixíssima extração, além dos cada vez mais frequentes embates e tropelias protagonizados pelas maltas dos chamados capoeiras, os quais se expandem pelas freguesias vizinhas, circunstância essa que é também objeto das preocupações desta chefatura, agora tão firme e brilhantemente comandada por Vossa Excelência. 9) Além disso, informou a depoente que, chegada a Tubiacanga, foi entregue aos cuidados de uma senhora portuguesa por nome Cacilda, alcunhada tia Xunha, que era uma espécie de *concierge* (porteira e zeladora) do cortiço e responsável pela integridade dela e de mais doze moças nas mesmas condições que a sua. 10) Que o Alferes ou Capitão a visitava regularmente, em média de 1 (uma) vez por semana, ocasiões em que lhe trazia presentes e levava a passeios pelos mais aprazíveis recantos da ilha e de localidades vizinhas, sendo que certa vez a levou, inclusive, a um *restaurant* na Praia de Botafogo. 11) Disse, ainda, a depoente que o indigitado Alferes ou Capitão lhe contava ser filho da antiga província da Bahia; que com 20 [vinte] anos de idade se alistou como voluntário para lutar no Paraguai, integrou o regimento dos Zuavos Baianos, o qual dizia ser a tropa mais bonita do Exército brasileiro; que seu uniforme, composto de calça, cinta e barrete vermelhos, jaqueta azul e colete verde, com galões amarelos, copiava o modelo francês;

que, pelo grau de instrução que possuía, ingressou como sargento e logo conquistou a divisa de Alferes; que marchou à frente da tropa até o Palácio do Bispo da Bahia para receber as bênçãos, e embarcou para o Rio, onde, ao chegar, acampou no campo da Aclamação, para a revista do imperador e, a seguir, embarcar para o Sul do país. No Paraguai, em meio à terrível Batalha do Tuiuti, depois de quase cinco horas de luta, dizia ele ter sido ferido na mão e, mesmo assim, ter achado, fincada no chão, uma espada de oficial. Pegando-a, experimentou-a em sua bainha e, vendo que servia, atirou fora o que tinha restado de sua espada, quebrada em combate, e ficou com a que achara, prometendo honrá-la para sempre. E assim o fez, e quando a guerra terminou, de volta ao Brasil, não conseguiu a patente de major, como ansiava, mas ganhou a simpatia e a amizade do imperador, inclusive porque era um membro da nobreza de seu povo Grúnci ou Gurunci; e o imperador soube disso na Europa. [...]

O experiente dr. Pinto Ferraz, polegares nos bolsos do colete, agora se pergunta onde a Matosão quis chegar com tão elaborado relatório. A peça, na verdade uma esmerada obra literária, contempla muito mais um escorço biográfico do investigado do que razões para seu enquadramento na lei. E conclui a leitura:

[...] — *Ex positis*, rogando desculpas a Vossa Excelência pela longa digressão, infelizmente necessária, informamos ter concluído esta investigação com a certeza do seguinte: 1) Que o indigitado Alferes ou Capitão Baraúna se chamava na verdade Manuel Constâncio Baraúna e, embora não o explicitasse claramente, costumava, valendo-se de uma espantosa semelhança física, fazer--se passar pelo militar Cândido da Fonseca Galvão, cognominado príncipe Obá ou dom Obá II, subtenente do 3º Batalhão de Zuavos Baianos e herói da Guerra do Paraguai, falecido há cerca de dois anos nesta cidade. 2) Que, usando desse artifício, o falacioso elemento conseguiu seduzir a depoente, nos termos do artigo 267 do Código Penal da República, ação que justificava com a seguinte alegação: que, entre o povo africano de origem de seu avô, quando um homem ficava velho, ou começava a envelhecer, ele precisava ter ao seu lado uma mulher bem novinha, o que para ele representava rejuvenescimento e para ela aquisição de experiência e importância social. 3) Que entretanto a investigação não encontrou nenhuma evidência que caracterizasse o delito de proxenetismo (art. 277), nem mesmo o de rapto (art. 270), pois o investigado não tirou a suposta vítima de nenhum lar doméstico: muito pelo contrário, tirou-a da rua e abrigou-a em seu domicílio, embora a levasse depois para um local suspeito de ser um conventilho, o que as investigações não comprovaram. Apresentando a Vossa Excelência os protestos de nossa elevada consideração, subscrevemos o presente. a) Eulália Matoso — Inspetora de Higiene e Saúde, matrícula 7.653 B — Investigadora *ad hoc*.

Ao concluir a leitura, Ferraz, ainda uma vez, vai à janela sentir o fartum da cidade ainda tão africana (querendo ser francesa), tão estranha, tão difícil de entender. E assim, já inteiramente envolvido naquela múltipla trama de amores frustrados, proibidos e não convencionais, de volta à escrivaninha de labuta cotidiana, pospõe seu carimbo e sua assinatura ao pé do texto, encaminhando o documento, para os devidos fins, aos canais competentes.

Algum tempo depois, o relatório fundamenta o *habeas corpus* que liberta Baraúna, vulgo "Alferes" ou "Capitão", do cárcere onde se encontrava preventivamente detido, por delito de falsa qualidade; ou falsa identidade. Conceição o vê saindo pelo enorme e soturno portão da Casa de Detenção, pálido, desorientado, esfregando os olhos. Eulália não queria que ela fosse até lá; mas diante de sua insistência, foi com ela. Baraúna olha à direita, olha à esquerda... atravessa a antiga rua do Conde, agora do Frei Caneca, em passos vacilantes, e some numa daquelas vielas que descem para a Cidade Nova...

12. MADAMA

Meu primo Gumercindo, coitado, se atrapalha todo quando tenta falar o nome dela: Marie-Thérèse d'Habsbourg-Lorena. Um nome, aliás, impronunciável para todo o pessoal daqui. Então a francesa era chamada de "Madama".

Rica proprietária, tinha um porto só seu. Mas nunca ia lá, porque rainha não faz: manda fazer.

Até mesmo para entregar o jornal que vinha de Niterói, o barqueiro, mesmo ainda cheio de outras tarefas a cumprir, tinha que atracar o barco e subir quase 1 quilômetro até a varanda, lá em cima, onde ela esperava impassível, sentada em sua cadeira de balanço, de espaldar alto. À missa, ela ia na caleche, com o cocheiro uniformizado. E, da porta da igrejinha, assistia ao ofício, sem descer da carruagem.

Era uma estrela, a Madama. Que, quando chegou ao Rio de Janeiro, numa companhia parisiense de teatro, veio para o Cassino Franco-Brésilien como primeira-dama. E, com seus dotes físicos e sua postura aristocrática, deixou caidinhos aos seus pés muitos rapazes da melhor sociedade fluminense. A cujas investidas e promessas, ao que se dizia, ela resistia altaneira, guardando absoluta fidelidade ao marido, um *diogène*, um *fileur de comèt*, um vagabundo, que ficara na França, de flozô, esperando ela voltar rica e feliz, depois de "fazer a América". Mas Therèse acabou se apaixonando por um jovem comendador que além de sedutor era endinheirado. E passou a viver com ele, como esposa dedicada.

O ricaço afastou-a do teatro e montou uma casa no Catumbi, onde ela tentou viver de suas prendas domésticas, que eram mínimas. Então, foi indo, foi indo, e se entediando com aquela vidinha, sentindo saudades do ambiente das coxias, gambiarras, bambolinas e bambinelas. Até que um empresário a convidou para substituir, na maior companhia nacional de operetas, mágicas e revistas, a estrela mais brilhante e bem paga da cena brasileira, que tinha ido para a Europa. O amásio dissê que não, não e não — que ela não precisava de dinheiro para viver. Mas Therèse acabou aceitando o convite, excitadíssima, feliz de novo. E dali a pouco já estava nos braços do ator Reis, o primeiro centro-cômico da companhia.

O traído, descobrindo, expulsou-a de casa, elegantemente, sem escândalo. E Reis, como não estava efetivamente morrendo de amores e precisava dar uma espairecida, por conta de problemas que tinha arranjado com a política, foi cantar noutro terreiro.

A política, naquele momento, não estava para brincadeiras. Mas o Reis, vaidoso e imprudente, querendo manifestar opinião, tinha feito publicar na *Gazeta da Tarde* uma carta aberta ao marechal presidente, elogiando o apoio que Sua Excelência dava ao teatro e ao circo, o que se comprovara no seu deslocamento, nada presidencial, certa noite, até Cascadura, para assistir a um espetáculo do seu admirado Benjamim de Oliveira, a quem gratificou com cinco mil-réis. Só que na carta publicada, o ator se dizia "monarquista da gema", o que desagradou seriamente ao marechal.

Então, na iminência de ser caçado e degredado para Cucuí, na tríplice fronteira amazônica de Brasil, Colômbia e Venezuela, como todos os perigosos inimigos da nascente República, Reis atravessou a baía e se aquietou em Itaboraí.

Uma das comarcas mais importantes da província do Rio de Janeiro, Itaboraí deve a prosperidade em que vive a seu bem-aparelhado porto fluvial, que, de tanto que acumula embalagens de produtos de exportação e importação, acabou ficando conhecido como Porto das Caixas. Com movimento de barcas de passageiros duas vezes por dia e com um comércio maior que o da sede da comarca, esse porto é o verdadeiro centro da cidade. E bem próximo a ele estão a Igreja de São João, os prédios da administração pública e o Teatro João Caetano. A casa de espetáculos foi inaugurada, há cerca de meio século, com uma apresentação do saudoso João Caetano, dileto filho de Itaboraí. Com a morte deste, consagrado e pranteado como o maior ator brasileiro, o majestoso teatro recebeu seu nome. E abrigou trupes e companhias menos ou mais conceituadas, como foi o caso do grupo formado pelo centro-cômico Reis.

O elenco reunido e ensaiado pelo renomado ator tinha como primeiro galã o sr. Rodolfo Duarte, que vivia às turras com o segundo, sr. Anselmo Calheiros. Como primeira e segunda-dama figuravam as sras. Afonsina Henriques e Balbina de Assis que, pela ligação amorosa que mantinham, segundo se dizia, embora não aparentassem, trabalhavam sem problemas. O petimetre era o afetado, fútil e intrigante sr. Paulino Rosa, que só permanecia na companhia porque era, de fato, insubstituível. E como centro-cômico, o inigualável Reis prescindia de segundo, substituto ou reserva: ele sozinho dava conta de todo o recado, mesmo porque as peças encenadas, *ça va sans dire*... todas levavam a sua assinatura autoral.

As récitas da companhia eram concorridíssimas; e as montagens, sempre muito aplaudidas. *A ilha das maravilhas*; *Um cirurgião na aldeia*; *A filha do pescador*; *À procura de um noivo*; *Um visconde em apuros* ou *O monóculo do demônio*... todas foram retumbantes sucessos de público e de crítica. O teatro, além de prestigiado com entusiasmo pelos moradores locais, recebia, a cada espetáculo, muita gente de localidades vizinhas, como Magé, Petrópolis e principalmente São Gonçalo.

Antigo distrito de Niterói, a comarca gonçalense é terra de engenhos de açúcar, de lavouras, criação de gado e extração mineral. À beira da baía, seus engenhos têm, até hoje, cada um, seu próprio porto, como os de Guaxindiba, Boaçu, Engenho Velho, Engenho Novo, Barreto, da Pedra... Que, apesar de os tempos não serem os mesmos, ainda vivem dias movimentados.

Tempos bons aqueles! Agora, porém, já vão longe os ecos da estreia da Companhia Domingos dos Reis no Teatro. Mas o povo de São Gonçalo continua, como nos primeiros tempos, a acorrer àquela magnífica casa de espetáculos. Como é o caso dessa senhora loura que agora, finda a representação, se dirige à caixa do teatro para cumprimentar o Reis.

Andar gracioso e compassado, veste seda em tons e sobretons de rosa. Em seu vestido longo, pródigo em rendas, plissados e babados, a blusa tem um decote extravagante e deixa os braços à mostra. O espartilho torna o corpo ereto, fazendo os quadris volumosos. Desses, a saia desce em forma de sino, cobrindo os pés. E na cabeça repousa um chapéu também cor-de-rosa, de abas largas, encimado por duas plumas do mesmo tom.

O ator Reis, avisado, chega à porta do camarim:

— *Tu te rappelles de moi?* — a loura pergunta e o ator finge frieza.

— Claro que me lembro de você, Tereza.

Ela não gosta de ouvir seu nome aportuguesado; mas tenta envolvê-lo:

— *Dis-moi, encore je suis belle?*

O Reis efetivamente não está nem um pouco interessado em reviver o romance. Acomodou-se em Itaboraí, onde vive com uma cabocla da terra, que lhe provê do necessário. Perdeu o hábito de mulheres exuberantes. A cabocla Ueraci, com seu corpo sem curvas, de quadris mais estreitos que os ombros, mas com cabelos escorridos e "negros como as asas da graúna" — ele é que diz —, mudou o padrão de sua escolha. Então, para se livrar logo daquela maçada, o imprudente dispara a maior ofensa que uma mulher pode ouvir na vida:

— Você está bem mais gorda. E bastante envelhecida. Sinceramente, acho que os ares dos trópicos não te fizeram nada bem.

A dama empalidece. Mas se recompõe rápido e despeja sobre o ator todo o repertório de xingamentos aprendido em sua juventude parisiense:

— *Tapette! Veux tu bien te taire, petite tapette! Flanelle! Peine-à-jouir! Amateur de rosette! Bilboquet merdeux! Bande-a-l'aise! Ambidextre! Bimétalliste! Tu es un type fédé pour mon goût!!*

Perdeu totalmente as estribeiras, a bela senhora. E vai-se embora, num repelão, com violência, sapateando nos saltinhos, prometendo vingança.

O leitor, mesmo sem traduzir os pesados xingamentos, certamente já adivinhou quem é a francesa malcriada. Ela mora em São Gonçalo, comarca que se emancipou de Niterói e teve os trilhos de sua ferrovia estendidos até Maricá. E que tem, na baía do Rio de Janeiro, um porto há muitos anos celebrado só porque recebe lenha de Cachoeiras de Macacu, o que não é nenhuma novidade nem tem nenhum encanto. Mas que um dia viu chegar por lá, balançando todas as estruturas, e pondo tudo às avessas, esse furacão em forma de mulher.

• • •

Era loura, muito loura, essa mulher que chegava. Trajava-se com luxo, mas usava objetos escandalosos. Trazia na cabeça um chapéu de palhinha emplumado, de aba larguíssima, e fumava de piteira. Vinha com uma bagagem espantosa, de muitas malas, maletas, frasqueiras, pacotes e embrulhos. E os carregadores eram orientados por uma mulher também estranha, só que negra, de turbante colorido e com diversos colares de contas pendentes do pescoço. Mais tarde, toda a São Gonçalo veio a saber que se tratava de Mère Clementine, haitiana e oficiante fetichista, ou seja, uma feiticeira daquelas, tanto para o bem quanto para o mal.

De onde vinha essa mulher e quais os seus objetivos na cidade? Ninguém sabia, mas não se falava em outra coisa: a gringa, a loura, a exótica, a escandalosa... Era assunto de todo dia e toda hora, nas casas de família, no comércio, no cais, nas repartições públicas; em todo lugar. Mas, passado o tempo, tudo foi se acomodando e esclarecendo.

A Madama — assim ela ficou definitivamente conhecida — era uma francesa da pá virada, muito conhecida na então capital do Império. Que, com as mudanças e a instabilidade advindas da proclamação da República, resolvera mudar de ares e aplicar o capital amealhado em uma atividade produtiva. E para tanto escolhera a provinciana mas próspera São Gonçalo.

Hospedara-se no Hotel Central. E lá, logo que se soube quem era, começaram a chover os mimos, as flores, os convites e também as propostas mais patifes e atrevidas.

A Liga das Senhoras Cristãs reagiu, fez reuniões, publicou manifestos, promoveu chás difamantes e até uma passeata e um comício. Mas as vacas pastavam e a gringa, sempre aconselhada por Mère Clementine, pagava e andava com quem merecia, mexendo seus pauzinhos, fazendo seus *piticatás*... Assim, sua vida progrediu: logo comprou um terreno, dois, três, quatro... E dali a pouco já era dona de uma fazenda.

Ficava no povoado de Itaoca, a propriedade; bem à beira da baía, em frente a Paquetá. A casa-grande era do século XVII, mas fora muito modificada no teto, no avarandado a toda a volta, nas dezesseis colunas, nas conversadeiras entre elas... Mas a capela, bem lá no fundo, erguida em honra de Nossa Senhora dos Mares, conservava o ar casto e contrito da época colonial.

A Madama vivia lá na santa paz. Mas um dia, contemplando o mar e os pescadores e lendo Victor Hugo, veio-lhe a ideia de entrar no fabuloso negócio da pesca da baleia. E entrou de cabeça, como em tudo o que se metia.

• • •

— Essa baía aqui sempre deu muita baleia. E a caça delas sempre deu muito lucro.

Primo Gumercindo, para quem ela era quase uma deusa, acrescenta novos dados à história:

— A carne é muito gostosa, as barbatanas servem pra fazer pente, lixa, uma porção de coisas; e o óleo é um bom combustível, além de ser alimento também. Pois saiba você, primo, que tem pobre, ainda hoje, de noite na rua, que lambe os lampiões pra matar a fome... Como dizia o Lavuaziê, da baleia tudo se aproveita. E tem mais: se misturar conchas moídas ao óleo, a gente consegue uma argamassa muito boa pra construção de prédios. A caça da baleia é um negócio tão bom que os governos tomavam conta já no tempo das capitanias. Aqui em Niterói, por exemplo, desde muito cedo o governo dos portugueses já tinha criado uma armação, uma espécie de abrigo e armazém, só pra baleeiras e baleeiros. Lá, na beira da praia, os caçadores abriam, retalhavam e tiravam tudo o que se aproveitava do corpo das bichonas. E deixavam o que não prestava: mondongos, tripas, fressuras... O povo vinha catar e levava o que ainda valia a pena. Mas a praia ficava que era uma sujeira e uma fedentina só. Por isso que, hoje em dia, armação só bem afastada, bem distante mesmo; se não, não tem quem aguente o fedor.

Primo Gumercindo também sabe que o fedor da baleia não é apenas aquele que penetra nas narinas. Fedem também, no negócio, a cobiça, a competição, as disputas, cada vez mais perigosas. Os negociantes se organizam em verdadeiras quadrilhas, dividindo territórios, estabelecendo regras; e a Madama não demorou a ser ameaçada.

O bando que dominava a região de São Gonçalo tentou cobrar dela uma taxa pelas baleias que arpoava. Mas a Madama se recusou a capitular e armou-se para resistir. Contratou o bandoleiro conhecido como Zé da Ilha, facínora sanguinário, para, com seus asseclas, dar-lhe a necessária proteção.

E isso sem dispensar as artes de Mère Clementine, por força das quais, dizem, o ator Reis, outrora o primeiro centro-cômico de todas as companhias teatrais que integrou, tinha perdido o teatro e a carreira. E sua mulher falecera na epidemia de febre amarela que devastara Itaboraí e ainda não fora debelada. Mas como o marechal Floriano já tinha batido as botas, ele não corria o perigo do degredo.

Então, assumindo o pior do seu caráter polimorfo, Reis se tornara baleeiro, a serviço do bandidão que controlava a balearia em toda a orla oriental da Baía de Guanabara.

Assim, o pior aspecto da personalidade de Reis se revelava, agora, com seu egoísmo, sua frieza, sua falta de escrúpulos. Só levava em conta os próprios pontos de vista, realizando seus objetivos sem a mínima consideração com quem cruzasse seu caminho. Impiedoso para conseguir o que queria, jogava sujo, trapaceava, aplicava golpes e chegava ao crime. O velhaco gostava de topar desafios. E os encarava, verdade se diga, com muita garra. Também, tinha uma tremenda capacidade de fingir e dissimular, que aperfeiçoara nos palcos, como o primeiro cômico de todas as companhias teatrais em que atuou.

De grande magnetismo e energia, era de fato um homem perigoso. Amante experiente e arrebatador, era também um inimigo temível, manipulador e vingativo. Marie-Thèrese, a Madama, sabia disso. Como sabia de sua capacidade de transformar-se e renascer, para vencer qualquer obstáculo.

Já meu primo Gumercindo, pescador experiente e entendido em balearia, foi empregado da Madama. E conta *a história* "como a história se deu" — conforme gosta de dizer:

— A gente pescava em turma. Cada baleeira levava uma turma de dez homens; e cada um tinha uma tarefa.

O primo conta com detalhes:

— Tinha o arpoador, que era o caçador propriamente dito; tinha o timoneiro, que dirigia a baleeira; e tinha o mergulhador, chamado de moço d'alma. Eu é que fazia

164

esse serviço: era o encarregado de mergulhar pra amarrar a baleia morta no barco pra levar até a praia. E ainda tinha também o balaieiro, que era o encarregado da nossa alimentação; e tinha os marinheiros, que eram os ajudantes, o restante do pessoal.

De modo que Thérèse, a Madama, mesmo passadas mais de duas décadas, jamais esquecera o cômico Reis, seus encantos, e os momentos de sexo arrebatador que com ele vivera. Como também jamais esquecera seu abandono intempestivo e inopinado, sem uma carta, sem nenhuma explicação. Abandono que culminaria com a humilhante e terrível desfeita naquela noite em Itaboraí, no Teatro João Caetano. Poderosa e autoritária, a Madama tinha sede de vingança. E essa era a hora de despejar toda a extrema violência de seu temperamento naquele bandido, traidor e trapaceiro. E naquela madrugada, ela disse que embarcaria na baleeira com sua gente.

Primo Gumercindo lembra, sombrio:

— Todo mundo estranhou, mas ela era a patroa e a gente não podia dizer nada. Então, desde muito cedo ela já estava a postos, empunhando em cada mão um arpão dos nossos, comprido, de madeira com ponteira de ferro. Aí, tudo arrumado, entramos no barco e nos lançamos ao mar. Ela sabia muito sobre balearia, e cuidava muito bem da nossa armação. Muitas vezes havia assumido, ela mesma, a tarefa de retalhar as arpoadas, ali mesmo na beira da praia. E se instruía sobre o assunto, lendo livros e revistas, que vinham daqueles países louros lá de fora, da Dinamarca, da Finlândia, naquela letra esquisita deles lá, que ela entendia; e lia também coisas que vinham lá dos lados de Portugal, dos Açores, da Ilha da Madeira, onde também se caçava muita baleia. Ela sabia muita coisa; mas arpoar, mesmo, era a primeira vez. De forma que com pouco mais de uma hora a gente estava na boca da barra. Estávamos ali, e coisa, esperando... O dia estava muito bonito. Tinha só um ventozinho, vindo do sudoeste, que botava a gente naquele balanço, que era até gostoso. Mas o barômetro estava baixo e o céu, no oeste, não agradava. Já era por volta de umas nove horas, o mar quase todo parado e o calor sufocava, de abafado. Nenhuma baleia aparecia. A Madama dava ordens, fazia uma coisa e outra... E a gente ali esperando. Devagarzinho, o céu lá embaixo foi ficando cheio de nuvens escuras, que até pareciam o cordão das montanhas do fundo da baía. Não tinha vento quase e o balanço continuava, naquela calmaria. Então, eu vi que o cordão de nuvens vinha vindo devagar. E, agora, a metade do céu já era só trevas. O sol tinha ficado embaçado; quando eu vi, já tinha sumido. Passou então uma brisa leve, dessas que fazem as galinhas arrepiar...

Gumercindo é mesmo um homem do mar. Mas, pelo que eu sei, até hoje só conhece é este mar daqui, o que aliás não é pouco. Como toda a gente do mar, porém, é meio aluado e muito fantasista. E alimenta essa fantasia com leituras sobre ilhas de tesouros, léguas submarinas, trabalhadores do mar... Leituras perigosas. Mas, enfim...

— Os sussurros do vento viraram assovios, soprando cada vez mais fortes, e as velas começaram a bater, no que o barco inclinou, querendo virar. Era o sudoeste, parecendo que ia levar a gente pelos ares. Então, o aguaceiro arriou, misturando água de chuva e água do mar. Era uma violência: o barco levantou e se chocou com uma onda grande. Um colosso de mar surgiu sobre a minha cabeça e cobriu tudo. Quando desceu, foi um pandemônio. A Madama tentava controlar, mas não dava. Eu era virado de um lado pro outro; e, sem poder segurar o fôlego, senti a água salgada chegar lá dentro dos meus pulmões. Era cada onda do tamanho do Pão de Açúcar... Mas eu não tinha medo da morte; e estava certo de que ia sair daquela situação de qualquer jeito. Quando me vi de novo no convés, notei que de todo lado havia destroços. A vela de proa e o velacho tinham virado farrapos, o botaló estava rachado de uma amurada a outra. Para todos os lados que eu olhava só via pedaços de madeira, aço e velas. Meus companheiros, na maior parte, tinham sido levados pelas águas. Mas a Madama estava de pé, no castelo de proa, ao lado do timoneiro, dando ordens. Não posso dizer com certeza quanto tempo isso durou; mas para mim foi uma eternidade. Mas aí o aguaceiro foi diminuindo, ficando só uma chuvinha fina. Mas o pior ainda estava para acontecer: veio uma onda que era a mãe de todas as ondas. E do meio, de dentro dela, saiu uma baleia fora do comum. Era uma baleia do tamanho de um balão, o corpo prateado, a boca com dentes pontudos enormes, esguichando água numa altura de uns trinta metros. Aí, eu vi que três barcos cheios de bandidos armados, em vez de dar combate, davam cobertura, protegiam a baleia. O que eu não sei é como é que eles resistiram à tempestade, não naufragaram. Mas eles estavam lá, atiravam contra nós; e nós respondíamos ao bombardeio... Então a baleia engoliu a Madama.

Primo Gumercindo contava isso muito emocionado, chorando quase. Para poupá-lo dessa lembrança, resumo aqui o final:

A tripulação, ou seja, Gumercindo e os companheiros sobreviventes, lutam, põem em fuga os malfeitores e conseguem arpoar o monstro. Que, agonizante, começa a recitar uns versos.

Aqui, acho que o primo se excedeu um pouco. Então, é melhor ouvir o final da história como a história se deu, contada por ele mesmo:

— "Nunca morrer assim! Nunca morrer num dia assim! De um sol assim!" A baleia declamou esse trecho, espirrou um jato d'água lá em cima, respirando, e continuou: "E, aqui dentro, o silêncio... E este espanto! E este medo! Nós dois... e, entre nós dois, implacável e forte, a arredar-me de ti, cada vez mais a morte." O espirro ia perdendo a força. Mas o bicho ainda não tinha terminado: "E eu morrendo! E eu morrendo... Vendo-te, e vendo o sol, e vendo o céu, e vendo... tão bela palpitar nos teus olhos, querida... a delícia da vida! A delícia da vida!"

Segundo o primo Gumercindo, esses versos acabaram saindo num jornal, que noticiou a luta como "A Guerra da Baleia". E depois foi plagiado por um poeta elegante da rua do Ouvidor, que ainda meteu nele, lá, um título em latim.

Gumercindo é pescador: a gente sabe... Mas é filho da minha tia... E eu tenho que acreditar:

— Veja só, meu primo! No último suspiro, a baleia vomitou a Madama e se transformou no que era de verdade: o ator Reis. A Madama não conversou: meteu-lhe o arpão. E mesmo debaixo da saraivada de tiros que vinha

da baleeira dele, ela conseguiu matar o safado. Agora...
Imagine você que eu tive de mergulhar e amarrar o corpo
dele no barco, pra gente trazer pra beira da praia. E no que
eu venho trazendo, passa por nós o *Aquidabã* e o *Esperança*, cruzando a barra pra levar reforço à Revolta, lá no
Rio Grande. Imagine agora! A Revolta já tinha acabado
em 94; o almirante Saldanha morreu no ano seguinte
e Custódio de Melo, pouco tempo depois. Então, eram
navios fantasmas, meu primo.

"Mas eu vi."

13. O ORÁCULO

Quem primeiro chamou minha atenção para as coisas interessantes que há e que já se passaram nesta baía foi um colega da Escola Politécnica, que depois se tornou um grande amigo. Chamava-se Afonso; e tinha um carinho muito especial pela Ilha do Governador, onde viveu parte da infância.

Era um rapaz meio difícil. Sentia-se menosprezado, humilhado, perseguido pelos professores, sobretudo pelo temível Fragoso: Atanásio Lucídio Fragoso.

Catedrático de Cálculo Diferencial e Integral, o mestre não era sopa. Positivista de quatro costados, ele se orgulhava de seu rigor para com os alunos, tendo um gosto um tanto sádico nas centenas de reprovações que motivava. Daí o ódio que lhe votava a maior parte dos alunos, tendo, inclusive, entre os reprovados, um que chegou ao ponto de ameaçá-lo com um revólver; e outro que tentou o suicídio atirando-se de uma das sacadas do prédio da Escola.

Afonso foi reprovado três anos seguidos. Passava nas outras matérias e engasgava na do filho da puta do Fragoso. Até que desistiu, sei lá...

Mas foi ele, o Afonso, que me ensinou o que eu sei sobre as ilhas da baía. Por isso eu acho que o destino fez bem em tirar a engenharia da vida dele. Se não, ia ser muito mais infeliz do que parece que foi. Porque engenharia, trigonometria, cálculo integral, seno, cosseno... Que me desculpem o Passos, o Müller, o Bicalho, o Binário Porto... Mas engenharia, e tudo o que é exato e medido, com licença da má palavra... É uma merda!

Como absolutamente não era, naquele tempo, a Ilha do Governador, onde o Afonso morou, no Galeão, na localidade conhecida como Caricó.

A área do Galeão compreende a ponta, a praia propriamente dita e diversas outras com enseadas ao norte da ilha, como as das Flecheiras, Porto Santo, Itacolomi (com o Saco de Itacolomi) e Tubiacanga. O nome Galeão tem origem num grande navio, o *Galeão do Padre Eterno*, construído num estaleiro montado nessa região, e que na época seria a maior embarcação do mundo.

Galeão é um navio grande, alto, apropriado para viagens de longo curso. Mas é também uma embarcação de borda baixinha, como uma galera, que os antigos, simplificando, chamavam também de galé. O que caracteriza a galera ou galé é que ela é impulsionada por velas e remos. E aí, no tempo antigo, os criminosos condenados ao trabalho de remadores eram mencionados como condenados às galés, por causa desse tipo de navio. De galé, então, veio galeão, que é um aumentativo, assim como galeota é o diminutivo.

Eu aprendi isso foi com o Afonso, que era uma espécie de enciclopédia. Ô mulatinho pra saber coisas, meu senhor!

E tem mais: esse *Galeão do Padre Eterno* foi mandado fazer por Salvador de Sá — neto do primeiro; porque teve dois. Esse era Sá e Benevides, e o avô era apenas Sá... Engraçado, não é? Sá, só. Essa é muito boa!

De forma que esse tal galeão fez sua primeira viagem atravessando o oceano Atlântico, em 1665. Chegando a Lisboa, dizem que impressionou muito os portugueses por seu porte e sua qualidade. E foi feito no Brasil, hein!

Já a Ilha do Governador, no tempo dos índios, era conhecida como Ilha dos Maracajás, Ilha do Gato ou Paranapuã. E recebeu o nome novo por ter sido terra do primeiro, Salvador de Sá, governador do Rio de Janeiro por volta de 1568. Uns duzentos anos depois, essa parte ocidental da ilha foi doada aos beneditinos, que construíram a Fazenda de São Bento, maior e mais bem-organizada do que as anteriores; e que por isso prosperou. Dom João VI, quando chegou, escolheu a área, oficialmente, por decreto, como campo de caça e cria de animais. Aí, construiu-se lá um palacete para abrigar a família real. Só que, depois, com dom Pedro I, a caça foi liberada a qualquer pessoa, o que aos poucos acabou com a fauna da região. Uma pena! Com a República, a parte oeste da ilha, na direção do fundo da baía, foi declarada de utilidade pública. E no final do século implantou-se lá a Colônia de Alienados, onde o pai do Afonso foi escriturário.

Isso tudo foi ele que me ensinou, porque eu não tinha a mínima ideia. E um dia fui lá com ele, ao Caricó, a gente ainda rapazinho.

Fomos de bote, que pegamos na praia do Caju. Caricó, ele me dizia, era o nome que os índios davam ao roçado deles. E quando eu fui lá, era um arraialzinho, com um ar risonho, estendendo-se por aquela praia de areia branquinha, que fazia uma curva lá adiante. As canoas dormiam ao relento e as redes secavam ao sol, estendidas sobre varas. Na estrada que levava ao Morro do Caricó, as árvores se cruzavam, os cipós atravessavam de um lado e de outro, os arranha-gatos perseguiam as roupas e agarravam-se a elas como se quisessem despir as pessoas. Ele é que me dizia isso, com aquele jeito de poeta que ele tinha. Porque poeta ele sempre foi.

A casa era daquelas casas de roça, ampla e confortável, mas de telha vã e piso de tijolos. O terreno tinha de frente uns 400 metros, cercados de bambus; e de fundos, uns 800. Estava todo tomado de touceiras de capim e formigueiros. Por isso, só o que vingava naquela terra eram cajueiros. Que, por sinal, davam cajus muito cheirosos e gostosos. Como eu tive a sorte e o gosto de provar.

— O cajueiro — Afonso me dizia isso como se estivesse dando uma aula — é uma planta originária do Nordeste. Na natureza existem dois tipos: o comum (ou gigante) e o anão. O tipo comum pode atingir entre 5 e 12 metros de altura, mas em condições muito propícias pode chegar a 20 metros. O tipo anão possui altura média de 4 metros. Além da castanha, apreciada quando seca e torrada, a casca da árvore é também utilizada como adstringente e tônico. O tronco do cajueiro produz uma resina amarela, que pode substituir a goma arábica, e que é usada na indústria do papel e até na indústria farmacêutica. As flores têm propriedades tônicas; a seiva dá tinta; e a raiz tem propriedades purgativas.

Para ele, vindo da cidade, e ainda por cima estudando em colégio interno, de onde só saía aos sábados para passar o fim de semana em casa, tudo aquilo — árvores, pássaros, pombos, cavalos, porcos, bois, o mar, o vento, as gaivotas — para ele era o paraíso terrestre.

A casa tinha um preto velho agregado, Tio Lauro, africano, recolhido no tempo em que a Colônia era um asilo de mendigos. Afonso contava:

— Tio Lauro diz que tem 118 anos. É viúvo, soletra alguma coisa, junta as letras e escreve um pouco; bem pouquinho. Diz que nasceu numa fazenda em Marquês de Valença, perto de Vassouras; que com 20 anos mais ou menos veio para Iguaçu, onde, com 30 anos de idade, casou com uma moça de 17. Dali a um ano perdeu a mulher. Então, voltou a Valença e trouxe consigo a sogra e duas cunhadas, uma de 14 e a outra de 13 anos. Passado o primeiro ano de viuvez, casou-se com a cunhada mais velha. Esta faleceu dois anos depois, da mesma doença que lhe tirou a primeira mulher. Depois da morte da sogra, com quem se amasiou após a segunda viuvez, casou com a outra cunhada, que nessa época já tinha 16 anos. Ainda dessa vez não foi feliz. A terceira mulher morreu com dez anos de casada, da mesma doença de que morreram suas duas irmãs, deixando cinco filhos. Isso dava um romance, não dava?

O velho mentia um bocadinho. Mas gostava muito do Afonso. E estava sempre lhe dando um agrado, uma fruta, um rolete de cana, um búzio, uma batata assada, uma bugiganga qualquer. E o meu colega o presenteava com sua amizade e a atenção àquelas suas histórias de preto velho; como a dos coquinhos de dendê que falavam. Ele garantia que conversava com os tais coquinhos, e que se aconselhava com eles. Como Afonso um dia me contou:

— No quartinho onde dormia, Tio Lauro, além da tarimba, tinha uma esteira, que ficava junto da parede, embaixo da janela. Um dia, ele me chamou pra uma "consurta", como ele dizia. Eu morria de curiosidade pra saber como era o tal negócio, e fui. Entramos, ele me estendeu uma banqueta, baixinha, que chamava de "apoti", onde eu me sentei. Na própria esteira ele se acomodou, as costas na parede e as pernas abertas, entre as quais dispôs uma espécie de bandeja de madeira, que ele chamava de "atefá", e cuja superfície polvilhou com um pozinho acastanhado. Aí, depois de uma ladainha arrevesada e ininteligível, espargiu gotinhas d'água em quatro direções, talvez as dos pontos cardeais. Feito isso, e sempre resmungando a ladainha (e falando meu nome na reza), tomou de uma cabaça um punhado dos tais coquinhos de dendê. Em seguida, colocou todos na mão esquerda e, com a direita, tentou retirar quantos podia, repetindo a ação várias vezes. De tempos em tempos, parece que conferia quantos tinha conseguido segurar; e, com os dedos indicador e médio, fazia umas riscas no pó da bandeja.

"Observando bem, eu percebi que aquilo era uma espécie de geomancia, método de adivinhação através da terra do chão, que muitos povos antigos praticavam. E aí notei que, na ingenuidade dele, aqueles riscos no pó eram as anotações do que os coquinhos falavam. Coitado! Até que chegou a hora de ele transmitir o recado daquele seu oráculo estranho; que me veio através de uma espécie de parábola. Que, aliás, era um tipo de conto moralista, como os dos irmãos Grimm ou de Hans Christian Andersen; ou uma fábula de Fedro ou de Esopo. A diferença é que se passava na África; talvez num daqueles reinos que houve por lá, antes de os europeus chegarem...

"A história era a de um ladrão, Abi Olê, que, numa noite escura, em fuga, depois de roubar um saco de moedas, caiu de um despenhadeiro para a morte inevitável. No instante imediato após a queda, ele se via sem o resultado do furto, mas aparentemente ileso, dentro de um palácio luxuoso, com todas as coisas bonitas, boas e caras que sempre desejara.

"Numa mesa toda de ouro, havia um tabuleiro do jogo de que ele, Abi Olê, era o mais exímio jogador, com as peças douradas, reluzentes, arrumadas para uma partida. Mas não havia com quem jogar; e muito menos quem apreciasse e elogiasse sua habilidade e inteligência no jogo.

"Num outro ambiente, a um canto, havia uma harpa mandinga, magnífico instrumento da música palaciana, que Abi Olê sempre sonhara um dia tocar. Então, encantado, foi até a harpa, dedilhou-a... E o som mavioso tomou todo o palácio, sem que houvesse sequer uma pessoa para ouvir, deliciar-se e aplaudir.

"E assim foi, sucessivamente: armários repletos de roupas, turbantes, gorros, calçados, deslumbrantes, belíssimos, jamais usados... Baús repletos de moedas de ouro e prata. Joias e pedras preciosas... Adegas com vinhos finos, raríssimos... Uma cocheira com dezenas de cavalos árabes, puros-sangues, atrelados a carruagens de beleza indescritível... Lá fora, a natureza bela: um lago, um prado, um bosque, árvores, flores, frutos... E ninguém.

"Abi Olê tem consciência de que morreu. Mas não entende o porquê de estar em um lugar como esse absolutamente sozinho. Então, em busca de uma explicação, procura o responsável pelo lugar. Ao encontrá-lo — um velho de aparência venerável, vestindo uma longa túnica preta —, pergunta: 'Por que neste Paraíso, com tanta coisa boa, não tem mais ninguém, só eu?'

"E a resposta lhe vem imediata e sarcástica: 'E quem disse a você que aqui é o Paraíso?'

"Tio Lauro, então, completou a moral de fábula. Pra me dizer, do jeito dele — torto, tosco, mas eu entendi —, que a verdadeira felicidade não está nos bens materiais, no dinheiro, no prestígio, no reconhecimento nem no poder. Que ela está dentro da gente; e basta apenas saber descobri-la e fazê-la se acender como uma luz ou se abrir como uma flor. Que as ilusões do 'eu' formam uma névoa que esconde esse tesouro. Que lamentar, revoltar-se, achar-se injustiçado também escurece o caminho que leva a esse tesouro pessoal. E disse mais: 'Seu cabeça é de Obatalá, Ioiô Fonso. E Obatalá tá em cima de tudo, pruque é dono de cabeça, de ori. Antão, seu ori, seu cabeça, tem que tá forte, pru sinhô num perdê ele. Pruque seu tizoro tá no seu ori, Ioiô Fonso... No seu cabeça!'"

● ● ●

Afonso se dizia materialista. Mas tinha muito interesse por essas coisas de magia e fetichismo, que ele chamava de "folclore". Talvez buscasse nelas remédio para o seu temperamento difícil. Pois quase sempre era instável e confuso, sentindo-se menosprezado e malquisto. Com certeza, esperava que todos o acolhessem de coração sincero e aberto, como o que ele mesmo oferecia. E, assim, dependia muito de companhia, precisava partilhar o calor humano, a casa, a vida em família, ele mesmo é que dizia. E me confidenciava que não dormia bem, tinha sonhos confusos e pesadelos. Por outro lado, tinha muita dificuldade de obedecer a ordens e fazer coisas que não lhe agradassem. Na escola, era um bom estudante, mas dizia que o sistema educativo lhe tolhia o pensamento; e que os professores eram grosseiros e sem imaginação. Principalmente Lucídio Fragoso, a quem ele devotava um ódio mortal, e que acabou por fazê-lo abandonar a Politécnica.

A família mudou-se para a Ilha do Governador quando seu pai, que era tipógrafo da Imprensa Nacional, por problemas com a política, foi "premiado" com um cargo no almoxarifado da Colônia de Alienados que lá funcionava. Era uma espécie de degredo. E quando isso aconteceu, ele já estava no colégio interno em Niterói.

De Governador a Niterói — a Praia Grande — era um pulo. O trajeto era feito por uma carreira das barcas Ferry, explorada por empresários americanos. Eram barcas a vapor, do sistema já utilizado nos Estados Unidos. Atraído pelo aumento do número de viagens, de passageiros e mercadorias, entre os dois lados da baía, o capital internacional entrou com toda a força: realizou as obras de infraestrutura, tanto no Rio de Janeiro quanto em Niterói; e remodelou os cais, adaptando os atracadouros para aquele novo tipo de barca, mais luxuosa e veloz, me contou Afonso.

Era impressionante como ele sabia disso tudo, em detalhes:

— O novo sistema passou a operar regularmente, com 24 viagens diárias. Muito mais velozes e confortáveis, e com o mesmo preço da concorrência, as barcas Ferry mataram a Companhia Niterói–Inhomirim. Restou a empresa Barcas Fluminense, que, apesar de gozar da simpatia do povo, não resistiu muito e logo naufragou também.

Quando me contava isso, Afonso falava muito mal do "controle da economia brasileira pelo capital internacional", como dizia. Ele também lia muito sobre isso. E citava autores como Saint-Simon, Fourier, Owen, Cabet, de que eu nunca tinha ouvido, nem nunca mais ouvi falar. Afonso ainda era quase um menino e já sabia dessas coisas complicadas. E eram matérias que a Escola Politécnica não ensinava! Era coisa dele, mesmo. Desde o tempo do Internato.

Quando interno, ele ia aos sábados passar o fim de semana em casa. Às segundas-feiras pela manhã estava de volta ao colégio. O paraíso ficava lá no meio da baía. E na Praia Grande, tudo voltava à rotina. Que, no entanto, foi brutalmente abalada no dia em que um batalhão de marinheiros ocupou a Ilha do Governador numa operação de guerra. Aí, Afonso ficou quatro semanas sem poder ir para casa: o transporte pela baía foi interrompido; o menino enviou várias cartas que não chegavam ao destino; e a aflição foi muito grande. Mas em uma nervosa manhã, ainda bem cedo, o pai apareceu e o levou de volta para casa.

A volta foi acidentada. Pai e filho tiveram que fazer todo o contorno da baía, saltando de um trem para pegar outro; e de outro e mais outro...

Essa viagem fantástica marcou muito a infância do meu amigo Afonso. Tanto que um dia, já na Politécnica, nós dois cabulando aula, ele me convidou para repetir o trajeto. E fomos.

O trem saiu de Niterói em direção a Rosário. A primeira parada foi numa estação da freguesia de São Gonçalo, perto de um dos portos por onde se escoava a produção local de café. E o movimento do povoado ao redor do porto se devia a essa atividade. Até ali, a paisagem ainda permitia ver um pouco do mar. Mas, à medida que o trem avançava, o verde dominava o azul e as matas e outeiros acabaram por dominar o cenário.

Depois de uns 30 quilômetros, chegamos a Visconde de Itaboraí, vilarejo ferroviário da comarca de mesmo nome, ainda cidade próspera, mesmo depois da Lei Áurea e da febre que dizimou boa parte de sua população e agravou o declínio da sua agricultura. Como era o local da primeira baldeação, tivemos tempo pra chegar até a cidade e apreciar um pouco da arquitetura, bastante representativa dos períodos colonial e imperial. A velha capelinha de Nossa Senhora da Piedade se destacava, no outeiro onde fora erguida havia mais de trezentos anos. Devia ter mudado, pouco ou bastante; mas estava lá. Como talvez ainda esteja.

— Na Revolta, eu tinha meus 12 anos — Afonso relembrava. — Em todas as paradas, certamente por conta dos acontecimentos políticos, o trem demorava bem mais do que o comum. E aí eu e papai aproveitávamos para saber um pouco mais desses povoados, vilas e vilarejos, que eu só conhecia de nome.

Voltamos à estação, pra pegar o trem que nos levaria a Magé; e o fizemos. A paisagem de serras e matas se repetiu. Até que chegamos à Guia de Pacobaíba, parte da primeira estrada de ferro brasileira, localizada entre o porto de Mauá e a estação de Fragoso. Bastante interessantes, tanto pela arquitetura quanto pelo funcionamento, eram a casa do agente da ferrovia, o pátio de manobras, a caixa-d'água metálica, como também os dispositivos para desvio das composições e giros das locomotivas; e, ainda, a própria estação de embarque. Tudo muito inglês, muito industrial. De lá partimos em direção a Guapimirim, poucos quilômetros adiante.

A paisagem no trecho até Rosário, onde iniciamos a parte final de nossa viagem, era deslumbrante. Vimos uma belíssima cachoeira; que, aliás, se chamava Véu de Noiva, como todas as outras. Logo adiante, outras quedas-d'água que pareciam ser formadas pelo rio das Pedras, que nasce no Dedo de Deus. De lá ou do rio Douro, que é dessa região, é que vem boa parte da água que abastece o Distrito Federal.

Entramos, então, no pantanal, hábitat de jacarés-de--papo-amarelo; de centenas de espécies de aves, entre elas o tuiú; e até mesmo de capivaras. Como pano de fundo, a serra dos Órgãos, com sua vegetação densa, de matas fechadas. Até que chegamos a Rosário, na fazenda beneditina de Iguaçu, onde ainda se erguia a veneranda Capela de Nossa Senhora do Rosário, do tempo dos jesuítas.

Agora, o trem percorria uma vasta extensão de terras onde se viam diversas fazendas, ainda com suas casas-

-grandes, senzalas e lembranças. Muitas delas bastante destruídas. Afonso se lembrou de uns versos; e declamou:

— Aqui outrora retumbaram hinos;/ Muito coche real nestas calçadas/ E nestas praças, hoje abandonadas,/ Rodou por entre os ouropéis mais finos.../ [...] Tudo passou! Mas dessas arcarias/ Negras, e desses torreões medonhos/ Alguém se assenta sobre as lajes frias.

O poema é de Raimundo Correia. Mas meu amigo Afonso também era poeta, dos bons. Tanto que se lembrou da poesia quando viu o cemitério, numa pequena elevação. E ainda deve estar lá, ostentando na fachada, em alto-relevo, o ano da inauguração, aliás não muito remoto: 1875. Foi aí que ele, pesquisador cuidadoso, me informou:

— Recentemente, a Vila de Iguaçu foi transferida das margens do rio para o arraial de Maxambomba, ali adiante, à beira da outra estrada de ferro, a de Dom Pedro. E o povo agora chama a antiga capital de Iguaçu Velho.

Finalmente, em Rosário, tomamos o trem da Leopoldina Railway, que nos trouxe até a parada da Olaria, onde nos despedimos. Ele foi para sua casa no Engenho da Pedra. E eu, para a minha, em Bom Sucesso do Rio, quase vizinho. Mas na Revolta, ele, ainda garoto, morava no Galeão. Então, teve ainda que pegar um bote para chegar à sua Ilha do Governador.

Quando chegou em casa — eu soube depois —, Afonso procurou pelo preto velho Tio Lauro. O pai, muito triste, lhe contou que o velho fora embora. Que, num acesso de loucura mansa, dizia que ia embora pra Aruanda, de volta pra África, umas coisas assim, sem sentido.

— Mas... como se volta pra Aruanda, pai? Aruanda é Luanda na língua de preto. É em Angola. E Tio Lauro veio de Queto; é nagô, de outra região. Ele às vezes conta histórias de Angola, mas não é de lá.

O pai não sabia desses detalhes; nem imaginava que o filho conhecesse a geografia do continente africano. Aliás, nem sabia direito se a África também tinha geografia.

— Ele deixou isso aqui pra você. E esta carta.

O velho deixara uma sacola de pano, desbotada e meio suja, que Afonso abriu. Continha oito pedras brancas de rio, muito brancas, envoltas em alvíssimo algodão e cheirando a alecrim. Além delas, seis argolas de metal branco, um pilão de chumbo em miniatura, e um colar de contas imaculadamente brancas, entremeadas com oito canutilhos azul-claros.

Afonso sabia do que se tratava, pois o velho — o pai não sabia — já tinha lhe falado a respeito. Assim, com grande emoção, disfarçada com habilidade, controlando as lágrimas, abriu o envelope, leu a mensagem escrita com letra miúda e vacilante, com muitos erros de ortografia e gramática, mas, para Afonso, perfeitamente compreensível:

"... Ese caminho pode ser pro bem o pro mau, podi da gloria i ricunhisimmento mas tomem podi leva a fracaso derrota vicio du parati a locura. Vossuncê é qui sábi..."

Afonso leu, releu e foi se acalmando. Recompôs-se e comentou:

— É, pai, coisa triste... Tio Lauro enlouqueceu mesmo.

Pegou a encomenda e foi jogar no mar.

• • •

Fiquei muito tempo sem saber do Afonso. E só o reencontrei há uns dois anos, quando soube que ele era jornalista e escrevia livros, assinando só o sobrenome. Fiquei sabendo também que ele bebia muito, e que tinha ido parar até no manicômio.

Coitado! Tinha só uns 40 anos o meu amigo Afonso Henriques de Lima Barreto. E hoje eu cumpri o dever de levá-lo à sua última morada. Só eu e mais umas cinco pessoas. No São João Batista... Porque ele achava Inhaúma um cemitério muito feio. Como eu acho também.

14. ÁGUAS TURVAS, TURBULENTAS

— Pois é, Seu João, vosmecê tem toda a razão de se revoltar contra essa patifaria de política que está aí. Tinha a sua colocação na imprensa, trabalhava na tribuna; tudo dentro da sua profissão, não é? E acabou aqui, neste exílio, neste castigo, tomando conta de doido e de mendigo. Essa República foi mesmo uma violência...

— A República é o espelho dos que a governam. E não o contrário, meu caro Caronte. Desde Cartago, como você sabe muito bem... Vamos pra Glória!

— Glória a Deus nas maiores alturas e paz na Terra entre os homens, a quem ele quer bem. À Glória!

— O marechal era devoto de Nossa Senhora; e por isso levantou a ermida de barro no Outeiro. E foi lá que Custódio de Melo levou a flechada do tamoio...

— Eu também tenho toda a razão na minha revolta, meu amigo. Sou homem estudado, formado; já viajei os Sete Mares e tenho que trabalhar de piloto de lancha, de barqueiro nesta baía.

— "As pedras que o homem contra Deus atira/ Ao contato do céu tornam-se estrelas"...

— Já viajei os Sete Mares, Seu João! E conheci todos os continentes, países e cidades do mundo. Mas os bons, os de antigamente; que esses de hoje não valem nada. Conheci a Zelândia, mas não era essa de hoje! Eu conheci foi a Velha, a Velha Zelândia; essa é que era a boa. Conheci a Caledônia, York, Orleans... Mas as antigas, as velhas... Essas de hoje não valem um tostão furado! Na Velha Zelândia tinha cada tronco de árvore deste tamanho. Eu vi um que era um tronco oco. Eu entrei nele montado a cavalo; e andei dentro dele mais de duzentas passadas. No trote, devagarinho, porque no galope não dava...

— À Glória, Caronte! Glória. Com acento agudo no "o".

— Eu tinha 15 anos. O meu povo estava envolvido numa disputa com outro povo. Quando perdemos a guerra, eu, meu pai, minha mãe, meu irmão e minha irmã fomos feitos cativos e separados, cada um vendido para um lugar. Eu fui levado pra trabalhar no porto, no serviço de carga e descarga de navios.

— "O trabalho afasta de nós três grandes males: o tédio, o vício e a necessidade", como escreveu Voltaire.

— Era uma pequena cidade na embocadura de um rio. Era povoada por mouros e o ouro vinha das montanhas. No trabalho de carga e descarga de navios, um dia conheci o príncipe, filho do sultão, que acabou ficando meu amigo e fez com que o pai dele me comprasse. Mesmo escravo, eu ainda era um rapaz bonito, forte e bem-apessoado. Aí, servindo no palácio do sultão, fui envolvido pelos caprichos da princesa, que se apaixonou por mim. Com medo do que pudesse me acontecer, eu fugia dessa situação. Mas o próprio príncipe, que até então era meu amigo, quando lhe contei a história achou que eu era o culpado e me denunciou como sedutor de sua irmã. Então fui preso e sentenciado à morte. Mas o sultão preferiu me vender ao capitão de um navio, que levava e trazia mercadorias. Trazia e voltava, levava e trazia...

— Mas você embicou pra nordeste, barqueiro! Eu não quero ir pra Paquetá!

— Paquetá é um paradoxo, Seu João. "E paradoxo é uma palavra que os tolos inventaram para aplicar a tudo o que ouvem pela primeira vez." Quem disse foi Miguel de Unamuno, aquele espanhol dos *Solilóquios e conversações*.

— Paradoxo, não! Paquetá é paraíso.

— "Os verdadeiros paraísos são os paraísos que se perderam." Oh! Proust! Presto, prático, pronto!

— Bem achado, bem achado...

— Achado fui eu, dentro de um navio. Aí, a caravela atingiu a costa de Magazalá e fundeou numa baía que o comandante batizou de Motakalim. Os marinheiros estavam muito alegres por poder desembarcar e desentorpecer as pernas em terra. Mas aí sugiram uns homenzinhos de pele esverdeada, vestindo só uma tanga pra tapar as vergonhas. Os marinheiros os prenderam e levaram pros navios, pra examinar melhor. E, depois de algum tempo, lavaram-nos bem lavadinhos, deram comida, vestiram e soltaram. No dia seguinte, eles voltaram e trouxeram mulheres; pequenininhas também, mas bonitinhas, cheirosinhas... Aí, o chefe deles falou assim: "*Tulikwenda kutoa rambirambi kiwa wafiwa.*" Eu sabia aquela língua;

e entendi perfeitamente. Não vou traduzir aqui para o senhor, porque seria uma falta de respeito. Mas respondi ao chefe dos nativos, para mostrar que eu tinha entendido. Aí, falei, mesmo, sério, para ele ver que eu não estava brincando: "*Alimsindikiza rafikiye mpaka kivuko.*" Com isso, o chefe entendeu que eu não tinha gostado. Então, fez cara de mau, de zangado, pegou as mocinhas, botou em fila e indicou o caminho da mata. Elas foram saindo, tristes, desapontadas. E eu encerrei o assunto com a seguinte frase: "*Watoto wanafuatano siku zote.*" Eu bem que gostaria do que ele me ofereceu. Mas em primeiro lugar estava minha moral. Então, entrei no navio e ordenei ao capitão que nos tirasse logo dali, pra evitar o pior.

— Não há dinheiro que pague! Velejar por esta baía e ainda por cima ouvindo o senhor narrar uma aventura dessas. Nem o tal do cinematógrafo deve ser melhor do que isso...

— "Coisas falsas podem ser imaginadas e compostas." Assim disse Mister Ruskin. "Mas só a verdade pode ser inventada."

— Bah! Mas você está indo novamente em direção ao Porto das Caixas, barqueiro! Estamos navegando em círculos. Retorne imediatamente! Pra lá! Para barlavento. No rumo de Inhomirim.

— "Navegar é necessário; viver não é." Isso já dizia Pompeu, sessenta anos antes de Cristo, meu senhor!

— "Oh, maldito o primeiro que, no mundo,/ nas ondas vela pôs em seco lenho!/ Digno da eterna pena do Profundo,/ se é justa a justa Lei que sigo e tenho!"

— Isso é Camões: *Os Lusíadas*, "A maldição do velho do Restelo".

— Agora estamos no rumo certo. Aqui é o Porto velho. À Glória, Caronte! À Glória!

— Porto Velho. Aqui, antigamente, morava um demônio chamado Cordovil. Ele vivia num rochedo. Todo mundo pensava que era um santo, mas eu um dia vi o que ele era de fato. O povo da vizinhança até que se dava bem com ele. Eram católicos, iam à missa... E esse diabo, metido no meio deles, se comportava como um beato. Até que um dia passou um sacristão com aquele aspersor e borrifou água benta nele. Pra quê, meu senhor! Pra quê! O demônio Cordovil arregalou aqueles zoiões vermelhos, botou duas labaredas de fogo pelas ventas, e disparou correndo dali, gritando cada nome que o senhor nem pode imaginar.

— É... A prosa está boa, mas ainda estamos em Inhaúma. Ou aquela igrejinha não é da Penha de Irajá?

— "Não me envergonha confessar não saber o que ignoro..."

— Cícero! "Tusculanas"! Mas, como dizia são Cipriano, fora da Igreja não há salvação.

— "Igreja livre num Estado livre." Cavour disse melhor.

— O senhor está completamente louco, meu caro barqueiro.

— "Louco é quem confia na mansidão do lobo, na saúde do cavalo, no amor de um rapaz e nas juras de uma prostituta."

— Ahn?... Essa eu não conheço.

— É Shakespeare, imbecil! Do *Rei Lear*.

— Dobre a língua, seu custodista de meia-tigela! Rei, não: sultão. Sultão de Zanzibar. Que foi muito meu amigo; e de quem sou súdito fiel até hoje.

— Ah! Praia dos Lázaros...

— No mesmo dia de minha chegada, aportou também em Zanzibar o navio no qual eu havia partido de Sofala, e aí recuperei minha mercadoria. Antes de abandonar a ilha no barco, recebi ricos presentes do rei; que se somaram aos lucros que obtive em outros negócios que fiz.

— Praia das Palmeiras...

— Então, eu estava rico de novo. Ou ainda mais rico. E, assim, uma vez mais, saí de viagem. Entretanto, meu navio, ainda outra vez, naufragou. Dessa vez, foram três peixes monstruosos que atacaram e destruíram a embarcação. Acabei numa ilha, onde consegui travar amizade com o mais importante mercador do lugar.

— Praia Formosa...

— Ele gostou tanto de mim que queria me casar com sua filha e me fazer seu herdeiro; pois sabia que ia morrer, o que de fato aconteceu. Muito sentido, pedi mil perdões à moça: eu não poderia casar com ela, pois a minha grande missão, que era salvar minha irmã, ainda não fora concluída.

— Saco do Alferes...

— Ela entendeu, mas me pediu para ficar um pouco mais, ajudando-a a organizar os funerais do pai e tomar algumas providências póstumas, o que aceitei. Entretanto, durante esse tempo, percebi que os homens do lugar passavam por uma estranha transformação uma vez por mês: neles cresciam asas e eles voavam até o céu, retornando depois.

— Praia do Chichorro...

— Convenci um deles a me carregar no voo; e dias depois fui levado ao céu por um dos homens alados. No alto, vi anjos que cantavam louvores a Alá. Emocionado, exclamei "Mwari é grande!" — exaltando meu Deus —, o que irritou o homem alado, que então me abandonou no cimo de uma montanha. Sozinho novamente, encontrei dois adoradores de Mwari, que me entregaram uma bengala de ouro.

— Praia do Lazareto...

— No caminho de volta, usei a bengala para me livrar de um homem que estava sendo atacado por uma serpente gigante.

— Praia dos Mineiros...

— Por fim, consegui retornar à cidade, onde fiquei sabendo pela princesa que os homens alados pertenciam a uma raça de demônios, mas que ela e seu falecido pai eram pessoas normais.

— Praia de Dom Manuel...

— Tranquilizado, arrumei meus pertences, embarquei no barco de um mercador persa e rumei para Mogadixo.

— Ponta do Calabouço...

— Passei por Tianamir, Jimbo, Dikananá, Ismarleni, Benadir, Amir Denir... E cheguei a Mogadixo, que naquela época era a cidade mais cosmopolita, importante e rica do Oriente.

— Praia de Santa Luzia...

— Mogadixo é uma ilha muito grande. Maior que Paquetá e Governador juntas. Os habitantes são sarracenos e adoram Maomé. Têm quatro bispos, ou melhor, quatro anciãos que exercem soberania na ilha.

— Praia das Virtudes...

— Nessa terra só se come carne de camelo. Matam uma quantidade tão grande que só vendo é possível acreditar. Acreditam que a carne de camelo é a mais sã que pode haver...

— Chegamos, barqueiro! Oh, Glória!

• • •

Quase chegando ao cais, Seu João Henriques de Lima Barreto vê a Igreja da Glória, onde vai cumprir o ritual de todos os anos; e pedir pelo filho. Desde criança, todo dia 18 de agosto ele sobe o Outeiro. Hoje, acordou mais cedo, fez a barba, banhou-se, vestiu a roupa da missa, saiu e pegou, no Galeão, a lancha da Colônia. Mas agora, prestes a chegar, só vê na praia aquelas construções exóticas, o minarete da mesquita e o muezim chamando para a segunda oração do dia. Seu João está em pleno oceano Índico, entre Manica e Sofala, singrando as velas ao tépido arfar da viração marinha...

Nas águas fundas, turvas, turbulentas da demência. Irremediável.

15. MESSIÊ MONAMÚ

*Eis de um só lance a história da negra
mina e do meu antigo camarada de
Charlemagne.*

Charles Expilly, *Les femmes et les moeurs
au Brésil*, Paris, 1863

Isso tudo aqui era uma chácara, ocupando todo este quarteirão. Mas quando eu conheci já estava tudo muito arruinado, com o mato crescido e num estado de completo abandono. Restava parte dos muros de pedra, em ruínas também; e parte de um portão de ferro. Lá dentro ainda tinha uma casa, mas também em ruínas; e os restos de um pomar, já invadido por mato rasteiro e capim. Mas a gente notava que um dia isso tudo tinha sido muito bonito, com muitas árvores. Porque ainda havia marcas dos canteiros. E algumas paredes davam sinal de outras construções além da casa principal. Que ainda era habitada, quando eu conheci, por uma preta velha muito velha chamada Delfina, e que as pessoas tratavam como Tia Fina. Ou Preta Manjê.

Ela contava ter sido escrava aqui e que depois, alforriada e casada, se tornara senhora. E dizia que o marido era um francês de posses. O que o povo achava caduquice, coisa de velha coroca, principalmente pelas histórias mirabolantes que gostava de contar. As quais, entretanto, informavam o ano direitinho, de acordo com os acontecimentos de cada época.

Dizia que fora alforriada em 86. E que em 93, na Revolta, tinha ficado viúva quando uma bala de canhão atingiu o sobrado onde seu marido trabalhava, na cidade. E que aí ela mesma, com o dinheiro guardado, mais o que o marido deixou, largou tudo e voltou pra cá, pra morrer no lugar onde tinha sido uma escrava feliz; e de onde saiu para ser muito mais feliz ainda.

Dizia, mais, que três noites por semana recebia a visita do marido francês, que chamava de *Messiê Monamú*. E que ele vinha num barco fosforescente, escoltado por um cardume de golfinhos. O mais curioso é que, quando falava, ela misturava umas coisas em francês. Não que falasse bem a língua. Mas intercalava às vezes frases inteiras, numa espécie de esnobismo:

— Naquela tarde, quando Messiê Monamú morreu, eu tomei banho mais cedo, anotei umas coisas nos livros de contabilidade e me sentei na varanda, pra esperar o desfecho que os búzios tinham me falado, no jogo que eu fiz ao meio-dia. Mas eu só recebi a notícia no dia seguinte, porque a mala do correio chegava na barca das dez. Enquanto ele agonizava no hospital da Marinha, na Ilha das Cobras, eu, a mulher que tinha mais importância na vida dele, não podia fazer nada a não ser esperar.

"*Bientôt*... Assim que comprou minha alforria, ele me levou pra morar com ele, de aluguel, numa casinha em Catumbi. Mas dois anos depois, com o meu trabalho e o dele, a gente já tinha dinheiro pra comprar a casa de Matacavalos. E, *dans ce temps-là*, eu já sabia ler e escrever, na nossa língua e na dele; já fazia as quatro operações aritméticas e sabia, no papel, o que era débito, crédito e saldo. Ele me ensinou isso tudo.

"E eu já não vendia mais frutas. O meu tabuleiro agora era de vatapá de peixe, angu de arroz, peixe frito, cocada, pé de moleque, cuscuz, mungunzá... E dali pro restaurante foi um pulo.

"Todo mundo conhecia como o Baiano. Mas o nome, mesmo, era francês: 'Prêt-à-Manger', ou seja "pronto pra comer", porque a comida saía muito rápido. Mas no ouvido e na fala do povo a expressão foi entendida como uma referência à cor da minha pele. *Alors*, eu também acabei conhecida como a Preta Manjê. Só mais velha é que começaram a me chamar de Tia Fina, por causa do meu nome: Delfina. Delfina Santana do Bonfim.

"No *restaurant*, a gente servia comida de sustança, mas era só papa fina: angu de mocotó, galinha de xinxim, vatapá de garoupa, moqueca de siri-mole... Almoço com vinho era dez tostões; e sem vinho era seiscentos réis. Foi o primeiro da cidade a servir comida da Bahia. Eu tocava a casa sozinha. E tinha as minhas pretas mercando na rua, de tabuleiro. Messiê Monamú ganhava cada vez mais no seu negócio de vender café pro estrangeiro. E tinha também as ações da Companhia da Estrada de Ferro, que o imperador incentivava.

"A gente não era rico, muito rico; mas tinha alguma coisa. Como esta chácara, que ele comprou por capricho.

"Aconteceu que um dia a gente ficou sabendo que meu antigo patrão havia morrido de morte suspeita, como se diz. Uns diziam que ele tinha sido morto por um amante da mulher dele. Outros diziam que foram bandidos, pra levar dinheiro. E um jornal — eu soube depois — escreveu que ele tinha se matado por saudade de uma escrava por quem era apaixonado e que fora alforriada por um francês. Veja só!

"Messiê Monamú sabia que eu gostava daqui. E agora, em vez de eu ser a escrava ganhadeira, vendedora de frutas, eu era a dona, a sinhá. Até que veio a crise, virando tudo de cabeça pra baixo: lavoura, café, moeda, escravo, senhor... Pra acabar com tudo, o navio francês trouxe ela, La Madame, de quem eu nunca tinha ouvido falar. E a bala de canhão botou o ponto final na história.

"Naquela tarde, então, eu tomei banho, me arrumei... E sentei na varanda pra esperar. Mas esperar bonita, cheirosa bem-vestida. Como sempre; porque mesmo com a ruína que a desastrada abolição da *esclavage* tinha causado, eu me mantinha *charmante*, vestindo cada dia uma roupa diferente. Eu tinha 366 vestidos, um para cada dia do ano. E eram 366 por causa dos anos bissextos. Mas eu estava convencida de que aquela era uma tarde especialmente trágica. *Alors*, fechei os olhos, acendi meu cachimbo e me deixei levar por aquelas lembranças.

"O pensamento chegou até aquela tarde de verão; e lá estava eu no largo do Paço, com meu tabuleiro de frutas. Trazia, *comme il faut*, a cabeça coberta com um de meus turbantes de seda, enlaçado bem no alto; e o alacá, o pano da costa, jogado por cima do ombro. No pescoço, meus fios de conta; na cintura, meus balangandãs; e nos pés, as chinelinhas de bico fino.

"Eu já conhecia aquele homem diferente, *très différent*. Mais tarde soube que ele tinha vindo pro Brasil pra ficar rico, porque aqui isso era muito mais fácil que lá na terra dele. *Cependant*, jamais eu tinha visto um homem como *celui-là*. Alto, forte, aquela cabeleira da cor de cabelo de milho; e aqueles olhos mais azuis que a água desta baía vista de longe, numa manhã de céu azul. Mas tenho certeza de que ele, quando me olhou, também sentiu a mesma coisa que eu senti. E o que eu soube, na hora, é que aquele homem tinha que ser meu."

A gente a chamava de Tia Fina. E ela contava que tinha sido trazida da Bahia com 14 anos. E no Valongo, que era lá, olha — depois do Saco do Alferes e do Morro da Gamboa, no Valongo ela foi comprada por um português de nome Ortigão, que era dono de uma quinta em Mata-Porcos. E a mulher do português quis fazer dela mucama.

A quinta desse Seu Ortigão, conforme ela contava, tinha mais de cinquenta qualidades de árvores, dando frutas, inclusive frutas não muito comuns, como abricó, abiu, cereja, jambo, sapoti, abacaxi... E também mangueiras, bananeiras, laranjeiras, cajazeiras, pitangueiras, figueiras... Tudo dando de cair do pé.

A negrinha Fina — como dizia, orgulhosa — era mina, da corte de Oyó Ilê; e por isso não era de lavar, passar, cozinhar, arrumar casa. A dona do português, que era boazinha — uma pomba sem fel, como se diz por aí —, aceitou a ideia de entregar a ela um cesto carregado de frutas mais um tabuleiro e o estrado, pra ir vender na cidade. Como era comum, então, o feitor da quinta entregava as frutas, marcava o preço de cada qualidade, e fixava a importância que ela devia trazer pro patrão. Fina tinha muito boa cabeça; assim, mesmo ainda não sabendo ler nem escrever, ela guardava direitinho o preço de cada uma. Na volta da cidade, sempre entregava a soma estipulada; e guardava pra si o troco, que quase nunca era pouco.

— Eu tratava todo mundo bem, com respeito e educação. *Ainsi*, fui fazendo uma boa freguesia. As frutas desapareciam do tabuleiro como por encanto. E eu ganhava muitos presentes. Aí, meu pescoço, minhas orelhas, meus dedos, minha cintura, iam se enchendo de anéis, brincos, colares, balangandãs... *Ah, bon Dieu!* E não eram só os fregueses que me agradavam e me presenteavam, não! Seu Ortigão também. E ele, como era o patrão, o dono, um dia, com muita educação, me pediu... *Un peu d'amour...* O senhor me entende, não é? Mas ele pediu com muito respeito, com os olhos rasos d'água. *Alors*, eu disse pra ele: "Se vosmecê me der alforria, pode contar comigo... Mas sem isso, *jamais! Pauvre Messiê* Ortigão!

Até que um dia, no Largo do Paço, centro da cidade, chegou a hora da Preta Fina. O homem dos cabelos de milho e dos olhos mais azuis que a água desta baía, depois de olhá-la semanas e semanas sem se deter, parou pra lhe comprar umas frutas. Fina ofereceu suas pitangas mais vermelhas, seus cajus mais cheirosos. Ante a indecisão do freguês, ela lhe apresentou dois figos cuidadosamente envoltos em folhas de bananeira, cobrando por eles apenas seis vinténs.

O homem aceitou, pagou, olhou-a fundo nos olhos; e agradeceu: "*Merci.*" Então a fruteira, que ouvia muito na cidade não só aquela palavra, mas muitas outras naquela língua, soube que ele era francês. E resolveu, a partir dali, chamá-lo de Messiê.

— Aquele homem virou quase uma *obsession*. *Comprenez vous?* Toda noite eu sonhava com ele. E no sonho, ele era um rei, um rei guerreiro, que vinha, vestido todo de vermelho, montado num cavalo branco, empunhando uma machadinha, de dois gumes, feito um cetro real. *Cependant*, no sonho ele era preto, *nègre*, assim como *je suis*. E me dizia, amoroso, mas com muita autoridade, que, se eu servisse a ele como escrava e mulher, eu ia ter todo o poder e toda a felicidade *du monde*.

"Na manhã seguinte ao primeiro sonho, eu apanhei no pomar um pêssego maduro, amarelinho, muito bonito; e levei no tabuleiro. Arrumei direitinho pra chamar a atenção.

"Ele passou por mim sem olhar. Passou distraído, com ar preocupado, o passo ligeiro. Não resisti e chamei, dengosa. Mas ele não ouviu e seguiu seu caminho. *Alors*, eu peguei o pêssego e fui atrás dele; e o alcancei quando ele virou na rua da Aduana. Ele levou um susto. E quando viu a fruta, falou, daquele jeito que ele falava, que nunca tinha visto um pêssego aqui, que era muito raro, mas que não iria comprar porque tinha saído à rua com pressa, sem trazer dinheiro. Então, eu ofereci o pêssego como *un cadeau*, um presente."

Por sua condição, o francês de modo algum poderia aceitar, em público, o presente da negra escrava. Mas não queria magoá-la. Então ele aceitou. E como estivesse sem dinheiro, disse que ia lhe deixar uma garantia. Assim, tirando do dedo mindinho um anel, colocou-o carinhosamente no dedo anular da mina, que o recebeu quase desmaiando.

Mas foi só. Durante mais de uma semana, Monsieur Durand — esse era o seu nome — passou sempre pela rua Direita, com jeito preocupado, sem nem olhar para o tabuleiro de frutas. Fina morria aos pouquinhos; e as outras quitandeiras, que tinham descoberto seu segredo, zombavam dela, entre cochichos e gargalhadas.

Foi então que, numa bela manhã, antes de sair pro trabalho, a bela arrumou-se de forma ainda mais cuidada que a habitual; cobriu-se com mais colares, pulseiras e anéis — bem mais que os de todo dia; calçou chinelinhos de seda brocada cobrindo só as pontas dos pés; atirou no ombro um pano de alacá ainda mais listrado e colorido que os de sempre; envolveu a cabeça com uma faixa de cetim amarelo, dando três voltas e enlaçando com mais capricho ainda... E, ao sair, escondeu entre os seios um embrulhinho de pano, cheirando a cravo e manjericão.

Assim preparada, Fina encaminhou-se para a cidade, ouvindo, sem se abalar, todos os galanteios, dichotes, propostas, assovios:

— Pisa aqui, baiana! — disse um velhote depois de atirar o chapéu no chão da calçada.

— Assim você me mata, mulata! — sussurrou um estudante.

— Se eu te pego, eu te escangalho, crioula! — gritou um tipo de boina e tamancos, puxando um tonel de vinho num carro de mão.

A bela escutava, mas não ouvia. E ao entrar na rua Direita, dirigiu-se ao beco dos Barbeiros e entrou numa portinha onde funcionava o minúsculo comércio de um tio da Costa.

— Eu já tinha meus ilequês, meus *gris-gris*, minhas mandingas comigo. Mas... Quanto mais melhor, *n'est ce pas*? Comprei então duas figas de guiné, das grandes; um signo de Salomão; uma medalha de Nossa Senhora da Conceição; uma fava de aridã; dois obis, três orobôs... Tudo coisas de preceito. Comprei, paguei, juntei tudo, e enfiei no bolso da saia. Então, saí, entrei na igreja, ajoelhei no pé de santo Antônio e pedi. Pedi, mesmo, com força, pra ele fazer aquele homem olhar pra mim e nunca mais querer saber de nenhuma outra mulher. E aí fui pro meu ponto, pro meu lugar, onde fui recebida com aquela energia pesada, de inveja e de despeito.

Fina armou o cavalete e arriou o tabuleiro. Sem dizer nada nem falar com ninguém, se agachou, acocorou, tirou o cachimbo da capanga e encheu de fumo. Socou bem socadinho, riscou a binga e acendeu. Então, deu a primeira pitada, soprou a fumaça em três direções, principalmente na das invejosas.

Aí, os fregueses começaram a chegar, dizendo gracejos, tomando liberdades — que ela, de pé, atendendo a um e outro, rechaçava só com o olhar. Em pouquíssimo tempo as laranjas, os abricós, os abius e os figos já tinham quase que acabado. Mas a bela não arredava pé.

Até que lá pelas três horas da tarde ele veio vindo; mas mudou de calçada, em direção à rua de São José.

Desde cedo, as outras baianas cochichavam e riam maldosamente, concentrando suas forças para que os bonitos e vistosos trajes coloridos e perfumados da "presumida", da "faroleira" não propiciassem o efeito desejado. E aí, quando viram o branco passar ao largo, explodiram numa assuada carregada de escárnio e maldizer.

— Eu tinha feito lá minhas rezas fortes, com as folhas do preceito e as peninhas de um casal de passarinhos. Botei no ibá da minha Santa com o odu da situação; tomei de manhã, com acaçá... E só aí é que eu fui pra minha luta, Ioiô! Se *les oiseaux,* os passarinhos, macho e fêmea, vivem juntos e se deitam no mesmo lugar, assim também tinha que ser comigo e com Monamú. *N'est ce pas?*

Mas Fina, então, se deu conta de ter-se esquecido de algo muito importante. Levantou-se rápido e, depois de encarar desafiadoramente as inimigas, dirigiu-se de novo à Igreja da Cruz dos Militares. No adro, comprou três velas das grandes, de 1 cruzado, acendeu no altar de Nossa Senhora; e, antes de sair, mergulhou todo o arsenal de sua guerra amorosa na pia de água benta, por cinco vezes, e assinou o pedido, baixinho: *"Orá Ieieô! Ecarê Efideremã!"* Então, aí sim, satisfeita, coração aliviado e ainda mais segura de si, voltou ao ponto de seu trabalho e se acocorou na calçada.

Às cinco horas ele voltou. Mas ainda silencioso e distraído, indo para a rua do Ouvidor sem lhe ter lançado sequer um olhar. Ela, então, tomou a decisão final. Sem dar importância à caçoada das ex-companheiras, pegou o tabuleiro vazio, equilibrou na cabeça por cima do turbante, dobrou e enfiou o cavalete embaixo do braço, e seguiu o francês. Numa loja de novidades, ele entrou. E ela parou na entrada da casa vizinha; e esperou.

Quase uma hora depois, a noite caindo e os lampiões já sendo acesos, o francês saiu. E ela correu atrás dele. Quando o alcançou, e ele se virou surpreso, ela disparou, nervosa:

— Meu senhor! Eu amo vosmecê de todo o meu coração. O senhor não quer gostar de mim também? Hein? Não quer? — O insólito pedido era doce, lamentoso quase. Mas a expressão era altiva e a beleza da baiana era estonteante — agora o francês reparava bem. O perfume inebriava e o olhar prometia as mais sublimes delícias. E o moço, embora atônito, compreendeu a sinceridade contida naquele gesto de extrema coragem, sobretudo. E, daquele momento em diante, amou a preta mina Fina sem a menor sombra de dúvida, sem levar em conta qualquer impedimento; e fez dela a razão principal de sua vida.

Louis-Phillipe Durand, o francês, homem dedicado ao seu trabalho no Hotel Pharoux, não era jornalista nem poeta, nem boêmio nem capitalista, nem do teatro nem da política. Nada disso! Não frequentava nenhuma confeitaria ou livraria e raramente passava pela rua do Ouvidor ou pela Gonçalves Dias. O único intelectual que conhecia era Ovídio Brito, sobrinho do falecido Francisco de Paula Brito, livreiro, editor e dono de uma tipografia na Praça da Constituição. Ovídio assumira o negócio do tio, após sua morte. E, espelhado em seu exemplo, tornara-se também um benemérito das letras e um cultivador de amizades, ajudando e encaminhando todos os que necessitassem de seus préstimos.

Todos os impressos do Hotel Pharoux — formulários, fichas, cardápios, cartões, etiquetas, papéis de carta, folhetos e cartazetes de reclame etc. — eram executados na tipografia do inesquecível Paula Brito, com a arte inimitável introduzida na cidade por Louis Terrier, que Brito trouxera de Paris. E esse era mais um laço unindo Durand e Ovídio, que se tornaram grandes amigos.

O francês, então, não era das rodas. Mas, mesmo assim, seu *affaire* com a preta mina repercutiu, virou notícia. E, de escândalo, chegou até o palco do Recreio Dramático, em uma burleta de Artur Azevedo intitulada *Messiê Monamú* — título que os jornais teimavam em grafar como *Monsieur Mon-Amour*. Durand não se abalava. Pois, afora isso, sua vida ia seguindo em paz.

Só que Delfina, apesar de ganhadeira, trabalhando na rua e gozando de bastante liberdade de trânsito e locomoção, ainda era escrava. E seus ganhos, mesmo somados àquilo de que o francês dispunha, não chegavam para a compra da alforria.

A solução veio do prestimoso Ovídio Brito: um benefício no Teatro Lírico. Então, a cidade ferveu de curiosidade, solidariedade e interesse.

TIPOGRAFIA DE FRANCISCO DE PAULA BRITO
Apresenta
Monsieur Mon-Amour
Sucesso Universal! (Palpitante Novidade!)
Burleta de Artur Azevedo, com os aclamados atores Pepa
Ruiz, Francisco Vasques, Romeu Evaristo, Lucinda Elisa,
Teixeira Júnior, António Pompeu, e o popularíssimo
Brandão.
Música de Theodoro Lopes Filho.

REPRESENTAÇÃO EXTRAORDINÁRIA EM BENEFÍ-
CIO DE UMA RAPARIGA BELA E INFELIZ.
O PRODUTO DA FESTA SERÁ DESTINADO A PAGAR
A SUA LIBERDADE.
FIDALGOS, MOÇAS, SENHORAS, RESPONDEI AO
NOSSO APELO:
"ABRI VOSSAS ASAS SOBRE ELA, Ó SENHORA
LIBERDADE"
Segunda-feira, 9 de maio — 7h30
Teatro Lírico (Imperial Teatro de Dom Pedro II)
Rua da Guarda-Velha, nº 7

O sucesso foi estrondoso. E a felicidade, então, foi completa. Com pouco mais de um ano, Delfina deixava a rua e
adentrava orgulhosa — para desespero das quitandeiras do
Largo da Sé e adjacências — o Baiano, onde circulava entre a
cozinha e o salão, comandando criados e empregados, recebendo fornecedores, fixando preços, tomando providências.
À noite, entre um chamego e outro, e mais outro, estudava
francês com o amado, a quem, replicando a paródia de Artur
Azevedo, só chamava e se referia como *Messiê Monamú*.

Curioso, entretanto, é que Durand nascera no Brasil. Era filho do tetraneto de um soldado da esquadra de Duguay-Trouin, o corsário que saqueou a cidade em 1711. Mas se considerava francês. Era, claro, um direito seu; e Durand o exigia sem nenhuma arrogância ou pretensão de superioridade. Da mesma forma que só se comunicava no idioma do corsário. E isso — vale dizer — apesar de sua trisavó ter sido descendente de uma fadista lusitana, que veio para o Brasil cumprindo pena de degredo por mau comportamento.

Ele mesmo contava essa história. E se divertia bastante com ela, como se divertia também com a graça, o bom humor, a fineza de espírito da sua Preta Fina. Até que o destino mais uma vez se interpôs entre os dois. Dessa vez trazendo muita tristeza.

Era o dia Sete de Setembro e a cidade estava apreensiva. Ninguém sabia se o movimento militar nas ruas era o da celebração da Independência ou o aviso de mais um conflito armado, como vinha acontecendo desde o banimento da Imperial Família. Sim, era isso! A esquadra se declarara em revolta contra o governo da República; e os navios dos revoltosos se posicionavam na baía. De repente, o povo já em fuga, eles abriram fogo sobre a cidade. A primeira vítima fatal, uma velhinha, tombou no Morro da Madre de Deus, onde morava. A segunda, um francês, foi atingido no segundo andar do prédio do Hotel Pharoux, aonde tinha ido, naquele dia feriado, para colocar algumas escritas em dia.

• • •

— Messiê Monamú foi embora bestamente, assim do nada. Ele estava no seu trabalho, quando uma bala de canhão atingiu o sobrado, onde só estava ele, no escritório. E aquela *gens, imbécile*, que ia lá pra cima do morro assistir aos bombardeios daquela *guerre estupide*, ainda comemorou; *pleine de joie de vivre*, cheia de alegria.

"Mas, desde que foi embora, três vezes por semana Messiê vem me ver e me dar *un peu d'amour*. E chega no *Bateau Îvre*, todo iluminado, que pega ele no Cais Pharoux. A tripulação vem com nove golfinhos, todos de uniforme branco, bonezinho e tudo o mais. *Ça va sans dire...*"

16. A MOURA TORTA

> — *Todavia, Verrier, se não me engano,/*
> *Diz que os banhos salgados/ Dão belos*
> *resultados.../ Experimente o oceano!*
>
> Artur Azevedo

O negociante Albano José Ramalho, português, cinquentão, gordo e respeitado, mantinha uma próspera empresa fabril, importadora e exportadora, à rua do Trapiche, na Praia Grande.

Seguiam muito bem os negócios. Mas o coração de Ramalho, batendo apenas no ritmo das entradas na caixa registradora, padecia da falta de uma companhia feminina. Até que um dia ele se viu apaixonado por Arminda, moça de 18 anos, muito bonita, mas comprometida; porém com um rapaz... digamos... Com um rapaz moreno; que, além de funcionário público subalterno, sem muito futuro, era dado a fazer versos.

Também português e dono de uma pequena serraria na rua São João, perto do Abrigo de Bondes da Cantareira, o pai dela, quando soube que o Ramalho gostava da filha, empenhou-se em convencê-la a casar-se com o patrício rico, o que, segundo ele, representaria a saúde, a paz, a prosperidade e o desenvolvimento de todos, presentes, ausentes e vindouros.

Arminda sabia que, na lógica do pai, o casamento era apenas um negócio. E que, por isso, seu namoro com o amanuense poeta não tinha mesmo futuro. Então, acabou concordando com o pai, dispensando o romeu e se casando com o Ramalho, numa festança que a Praia Grande jamais esqueceu.

A cerimônia religiosa teve lugar na Igreja de São Domingos de Gusmão, frequentada pela família real, no tempo de dom João VI; e onde repousava, desde 38, o coração do Patriarca da Independência, José Bonifácio de Andrada e Silva. No mesmo dia os noivos partiram para a lua de mel em Petrópolis, numa barca da Fabril Exportadora e Importadora, toda decorada para a curta, mas importante, travessia da baía. E, depois, em um vagão especial, decorado com luxo para subir com os nubentes até o alto da serra. Mas o bom mesmo foi a festa, na chácara do Albano, em São Domingos, onde, bem no centro do enorme terreno, em meio às árvores e aos jardins, ele mandara construir uma aristocrática mansão de dois pavimentos, assobradada e avarandada — que a língua ferina da ralé apelidara de "Solar do Paneleiro", não se sabe bem por quê.

Festança! Nem a inveja que a fortuna do Ramalho provocava na choldra impediu que a patuleia se acotovelasse na entrada da chácara, desde a tarde daquele 22 de junho, dia de Santo Albano da Inglaterra, padroeiro do noivo. Mas assim que o cortejo nupcial voltou da igreja, começou a zoada.

O traje da noiva, com um alvíssimo véu de quase 10 metros de comprimento, motivou exclamações de admiração e, claro, também de despeito. Da gola de babados com um lacinho no centro que encimava o corpete, uma mendiga bêbada gritou que parecia um colarinho de palhaço, no que levou um empurrão de um funcionário da Cantareira. As mangas infladas com fitas que formavam dobras envolvendo os braços da noiva receberam classificações que variavam de "maravilhosas" a "coisa de mau gosto". A saia rodada, inflada pelas camadas de tule que lhes iam por baixo, foram descritas como "última moda de Paris" e "coisa estranha". Mas o furor, mesmo, foi a cauda rendada do vestido, na qual um moleque ia se jogando de costas, sendo contido a tempo pela mãe, que o levou embora, puxando pela orelha.

Entre os convidados e familiares que chegavam, notava-se, segundo os mais bem-informados, a ausência de familiares do noivo. Uns diziam que ele não tinha parentes no Brasil; outros debochavam dizendo que o navio deles tinha ido parar na África do Sul, devido às calmarias; outros mais diziam que Albano Ramalho não era imigrante e sim degredado... Tudo inveja e mesquinharia da corja, da ralé da Praia Grande.

Dentro do solar, no salão à esquerda, estava posta a mesa do banquete; atraindo a atenção de todos. Segundo o chefe do cerimonial, seriam servidos, naquela noite inesquecível, 1.600 frangos, oitocentos perus, seiscentos pernis de presunto, 64 faisões, dezoito pavões, 800 quilos de camarão, oitocentas latas de trufas, 1.200 latas de aspargos, 20 mil sanduíches, tudo bem decorado com legumes, flores ou frutas. De sobremesas, 14 mil sorvetes e 2.900 bandejas de doces sortidos. E o mestre das cerimônias — assim, com este acento agudo — de casaca preta e portando todas as suas condecorações, especificava:

— São apenas 11 pratos quentes, 15 frios, 12 tipos de sobremesas, quatro qualidades de champanhe, 23 espécies de vinhos e seis de licores, num total de 304 caixas dessas bebidas e uns 10 mil litros de cerveja.

Às nove horas da noite, os noivos se retiraram, ao som da orquestra de cordas, que executava, desde cedo, no Salão Nobre, trechos suaves de Verdi, Bocherini, Sottomayor e Leoppardo Brunno. Saída a caleça nupcial em direção ao cais, onde a esperava a barca de Petrópolis, subiu ao estrado dos músicos a Eutherpe Nictheroyense. Sob a regência do maestro Honorino Sacramento, o harmonioso conjunto mudou o clima da festa, com a alegria e o bulício de seus xotes, tangos, polcas e maxixes. No repertório, destacaram-se o maxixe *Mocotó com pimenta*, a polca *Assanhada* e o xote *Albano no vinho*, bisados várias vezes a pedido dos dançantes. Boa parte das danças aconteceu no quintal, pois o salão só acomodava duzentos pares. E assim foi a festa, até as seis horas da manhã.

Passada a lua de mel, Albano e Arminda seguiram para Portugal, onde ela conheceu os sogros — que existiam, sim! — em Alcobaça, distrito de Leiria, província da Estremadura. Eram já muito velhinhos, mas bastante simpáticos, dedicados a sua faina agrícola e venerando a imagem de dom Luís I, numa oleogravura sob a qual ardia uma lamparina de azeite doce. De Portugal, o casal foi à Espanha e à França. Mas Arminda achou tudo muito chato. Então, voltaram para o Brasil.

De volta, a vida conjugal seguiu normal, no Solar de São Domingos, por cerca de um ano. Normal em termos, pois com quase dois anos de casada Arminda não engravidava. E ter um filho era o seu maior sonho, como era também o desejo de Albano, cada vez mais próspero.

Foi aí que o Destino entrou em cena, formando uma trama intrincada que Orlindo Soares Ramalho em vão tenta destrinchar, muitos anos depois, como agora ouviremos.

• • •

— Pois é... Eu e meu irmão Orlando somos idênticos; muito idênticos, mesmo. Desses que nasceram para confundir as pessoas. E em que os pais fazem questão de manter a ilusão e incentivar os equívocos, vestindo com roupas iguais, impondo o mesmo corte de cabelo; e batizando com nomes reforçadores da ambiguidade. Tanto que o nome dele é Orlando; e o meu é Orlindo.

"Nosso pai morreu logo depois do nosso nascimento, durante a Revolta da Armada, lutando heroicamente, como mamãe contava, contra uma coluna de malditos revoltosos que tentava invadir o solar da Praia de São Domingos. E sua existência, para nós, foi sempre misteriosa. Até mesmo porque não deixou nenhum retrato, a não ser aquela gravura esmaecida guardada no relicário de mamãe, em que aparece ainda menino, da época em que chegou ao Brasil. Naquele tempo, em vez de fotografia, mesmo, o que havia eram os daguerreótipos; e parece que a tal gravura não passa disso. Talvez tenha sido tirada apenas para a sua identificação de imigrante, criança ainda. E, tanto para mim, como para meu irmão Orlando, sempre foi difícil ver aquele garoto como nosso pai. E, além do mais, tratava-se, por certo, de um garoto branco, muito branco. E aquilo nos intrigava mais ainda.

"Nossas certidões de nascimento e nossas carteiras de identidade sempre nos classificaram como de cor branca. Mas a cor da nossa pele e os traços de nossas fisionomias pareciam gritar, desmentindo essa identificação. Mamãe — que Deus a tenha em sua Santíssima Glória —, quando, uma vez, pedimos explicação, disse, muito irritada, que nós estávamos inventando moda; aí, nunca mais tocamos nesse assunto com ela. Mas isso sempre nos intrigou. E muito mais ao meu irmão do que a mim; que me preocupo mas é com a comida na mesa, com minha casa arrumada, com minha roupa lavada, meu vinhozinho aos domingos... E minha coleção de discos da Casa Edison, presente do saudoso amigo Tião Neto, grande músico niteroiense.

"Orlando, apesar de meu irmão gêmeo, idêntico, tem temperamento um pouco diferente do meu. Quando cisma com uma coisa, torna-se insistente, teimoso; e às vezes até maçante. Então, fez dessa busca de nossas origens sua maior obsessão. E, por ela, mergulhou em pesquisas profundas, em livrarias, sebos, bibliotecas e arquivos.

"Tanto que um dia me chegou aqui com um livro em que se dizia que dom João VI era mulato e se estampava um retrato do rei como prova incontestável. Na tentativa de reforçar essa tese absurda, o tal livro afirmava que as características da ascendência africana da realeza brasileira, embora tivessem desaparecido no imperador Pedro II, eram muito fortes no primeiro dom Pedro. E mais: dizia o livro que a casa de Aviz provinha de bastardos; e que o marquês de Pombal também tinha sido um homem de cor.

"A obsessão estava transtornando a cabeça do meu pobre Orlando. E aí ele resolveu estabelecer a árvore genealógica do nosso pai, se é que tal coisa era possível.

"O primeiro Ramalho a que chegou foi o aventureiro português, náufrago no litoral brasileiro. Que se salvou e nadou até a praia, embrenhou-se no mato, chegou até os índios, conquistou a filha do cacique, casou com ela e teve vários filhos, inclusive com outras índias, filhas de outros chefes amigos. Aprendeu também que a família desse nome já existia desde o século XV e havia começado com um tal Gonçalo Anes Ramalho.

"Eram muitos nomes e sobrenomes: Queirós, Gouveia, Gonçalves, Ataíde, Almendra... Mas nenhum apontava para aquele outro continente, à esquerda de quem desce. Mas numa tarde...

"Orlando chegou em casa aflito, excitadíssimo, porém misterioso; e com um bilhete de viagem a Portugal. Para onde efetivamente foi, passando lá quase um ano.

"Do ponto de vista de sua investigação, a viagem não teve nenhum resultado positivo. Mas o mano voltou de lá outro: gordo, apaziguado, cordato, comendo de tudo e cheio de boas histórias para contar.

"Assim que chegou a Lisboa, meu irmão foi levado a conhecer o fado. E fadista em Portugal é sinônimo de rufião, desordeiro, indivíduo de maus costumes. Orlando, todavia, gostou do que viu. E fez amizade — como gosta de contar — com gente bastante interessante, como: o Joaquim Preto, filho da tia Leocádia e sobrinho da preta Gertrudes, assadeira de castanhas, também conhecida como a 'preta da pala', porque usava uma venda no olho esquerdo, que cegara numa briga; a Preta Cartuxa, filha da tia Joaquina, o Pau Real, cuja mãe era rainha do Congo na festa do Rosário; o guitarrista João da Preta; o Roque Mulato, que lhe apresentou os cocheiros Paixão e Augusto Peludo, que o levavam de caleça para baixo e para cima, inclusive ao Bairro Alto, à Alfama, à Mouraria e à Madragoa. Pois nesses lugares é que se ouvia e dançava o melhor fado; e se comiam a melhor açorda de mariscos, as mais bem preparadas alheiras de Mirandela, os mais saborosos pastéis de Santa Clara e os inolvidáveis pudins à Abade de Prisco.

"Orlando aprendeu muita coisa com um certo Tinhorão, que mais tarde trocou a má fama da Alfama por capa e batina de Coimbra. Segundo esse douto malandro, a presença da gente de cor em Portugal vinha desde a época dos Descobrimentos. E, em Lisboa, era essa gente que, desde os tempos antigos, lavava as roupas, cuidava da limpeza das ruas; abastecia de água as residências; trabalhava na carga-descarga dos navios; atuava nas touradas... Fazia a cidade viver, enfim.

"Conforme meu irmão aprendeu, o terremoto que arrasou a cidade, há uns 150 anos, fez nascerem novos bairros, como os da Alegria e do Rato, e deslocou o populacho para bairros como a Alfama e a Mouraria. Muita gente de cor vinha também do campo, como do Alentejo, e começou a se espalhar pelas camadas baixas e a se misturar e coabitar, mesmo, com os brancos, pobres e remediados.

"Depois dessa viagem fantástica, meu irmão Orlando tomou como definitiva a nossa origem ibérica. E disse mais: para ele, tudo tinha começado quando os árabes e entre eles, muitos, os mouros — já com sangue africano correndo nas veias — conquistaram a península. 'Eles saíram do Marrocos, passaram pelo estreito de Gibraltar e subiram, espalhando-se por Portugal e Espanha, onde fundaram um reino que durou setecentos anos' — meu irmão contava isso com um brilho nos olhos.

"Então, eu, Orlindo, e meu irmão gêmeo, Orlando, vivemos muito tempo satisfeitos com essa versão de nossa origem, que justificava, de maneira até certo ponto gloriosa, nossa cor escura, nosso cabelo quase duro... Até o dia em que a Moura Torta chegou lá em casa.

"Estávamos eu e meu irmão a prosear e tomar um verdasco quando bateram à porta. Fui atender.

"Era uma cigana velha, de aparência bastante desagradável. Não pelos trajes — uma suja saia estampada, escorrida até o chão, a camisa desguelhada, o pano na cabeça —, denunciadores de sua baixa condição social; mas pelo rosto descarnado e pétreo, o olhar fixo, emanando uma energia certamente malévola, muito negativa. Assim, quando ela bateu à porta, pensei tratar-se de uma pedinte; e já fui metendo a mão no bolso, à cata de um ou dois vinténs. Mas não era isso: ela disse que queria falar conosco um assunto muito importante. Então, eu a fiz entrar.

"Ela olhava a mim e a Orlando como se estivesse constatando a semelhança entre os dois. E, ante nossa curiosidade sobre a razão daquele exame incômodo, ela se aproximou, dizendo que sabia muita coisa a nosso respeito, e foi 'contando tudo', como afirmava.

"Disse que se chamava Zuleica — nome estranho, persa —, mas era conhecida como Mãe Zula; e fora, havia muitos anos, escrava do Sinhô Albano, nosso pai. E que, quando ele se casara, tinha sido ela a encarregada de servir como criada de quarto da sinhá.

"As relações entre elas, agora ficávamos sabendo, jamais foram amigáveis. Uma dizia 'é pedra', a outra dizia 'é pau'; uma achava bom, a outra achava mau... Ambas tinham temperamentos muito fortes; e viveram sempre às turras, sempre se bicando. Por isso, naquele momento, mamãe já falecida, ela via a oportunidade de exercer sua vingança, nos contando o que ela dizia ser a nossa verdadeira história.

"Eu já a conhecia de vista, de minhas idas a Ponta d'Areia, onde tinha amigos. E já percebera que ela sempre me olhava com insistência, como se quisesse me dizer alguma coisa. Soube que morava nos restos de um dos cortiços construídos pelo imperador para abrigar o povo mais pobre na Ponta. Seu casebre, quase em ruínas, como os outros, tinha apenas um cômodo e uma cozinha minúscula. No cortiço, banheiros e tanques de lavar roupa eram coletivos e se enfileiravam do outro lado da "avenida", no meio de outro correr de casebres. E o conjunto das construções ia até a encosta do Morro da Penha. Os cortiços já começavam a ser proibidos por lei. Mas a velha permanecia lá, dizendo que só sairia morta.

"Segundo ela — que apesar da idade demonstrava saber e lembrar com exatidão de nomes, fatos, datas e locais —, a vida conjugal do português cinquentão, o Albano Ramalho, com a moça Arminda Soares seguiu normal por cerca de um ano, sem que ela pegasse barriga. E ter um filho era o sonho do casal. Albano então procurou ajuda médica. E para tanto se deslocou até o distrito de São Gonçalo, para consultar-se com o dr. Brás da Cunha, sábio médico espírita, que atendia pitando um cachimbinho de barro. Este, depois de lhe dizer que sua esterilidade era real, resolveu tentar curá-lo. E lhe receitou banhos de mar, terapia revolucionária, que a medicina francesa recomendava em vários casos e até mesmo no do Albano.

"Nosso pai, então — como contava a bruxa velha —, mudou-se para a casa de praia que tinha lá na Ponta d'Areia, naquele terreno onde hoje funciona um mercado de peixe. Embora um pouco longe do centro da cidade, era um lugar aprazível e profilático. Assim, o casal passou três meses na casa da praia.

"Os banhos de mar aconteciam no finalzinho da madrugada. Quando o sol nascia, 'Sinhô Banho' — como a Moura chamava — retornava a casa, fazia sua refeição matinal, e ia para o trabalho, na galeota da Fabril Exportadora, que o vinha buscar e trazer, só regressando de noitinha. Sinhá Minda ficava em casa, aos cuidados da criada, sem ter o que fazer, lendo folhetins de amor.

"Por uma triste coincidência — segundo a velha —, o caboclo Arturzinho, o antigo namorado de mamãe, também estava na Ponta d'Areia, demitido do serviço público, curando sua desilusão nas tabernas, com versos e conhaque. Então, pouco tempo se passou e Arminda deu a Albano a notícia que os dois mais esperavam, e pela qual haviam rezado e pedido a todos os santos. Ela estava grávida!

"Feliz, recompensado, agradecido a Deus, aos espíritos, a São Gonçalo e ao cachimbinho do dr. Cunha, o casal voltou ao Solar de São Domingos, onde, meses depois, Arminda, com toda a assistência, deu à luz os gêmeos. Estavam todos muito felizes com isso quando, algum tempo passado, a vida começou a mudar.

"Primeiro, foi o tal do Encilhamento. A bruxa não usou essa palavra, mas fez-se entender de que mencionava a crise inflacionária que se seguiu à reforma financeira do ministro Rui Barbosa, no início da República. Nela, a aparente solidez da Fabril Exportadora mostrou sua face real, e a firma teve que pedir concordata.

"Depois foi a Revolta da Armada. No dia em que ela começou, e a Fortaleza de Santa Cruz, na ponta de Jurujuba, disparou contra os navios revoltosos e contra a Fortaleza de Villegaignon — a velha dizia Vergalhão —, um balaço passou raspando na galeota onde ia o Albano. Que não estava na linha do tiro. Mas o susto foi tão grande que o coitado sofreu um colapso cardíaco e teve que ser levado para o Hospital da Ordem Terceira, muito mal.

"Quando começava a melhorar, soube que, por causa da Revolta, e do fechamento da baía à navegação civil, a Companhia da Cantareira tinha ido à falência. Albano tinha boa parte de seu capital investido no negócio. Então, teve outro colapso. Dessa vez, fatal. 'Morreu de susto, coitado.'

"A Moura Torta contou isso com um risinho de ironia. E concluiu dizendo que depois de tudo, a 'viúva alegre' — como ela se referia, com ódio, a mamãe — ainda viveu um tempo com o tal do caboclo Arturzinho. Mas logo, vendo que a sopa tinha acabado, ele raspou o pouco que ainda tinha no tacho e sumiu na poeira. 'Deixando as duas, a ama e a criada, ela e eu', a ver navios, revelou ela, com requintes de cinismo, mas tentando diminuir sua culpa: 'Só que, pra ela, ele ainda deixou vocês. E pra mim...'

"Meu irmão Orlando queria surrar a bruxa velha; chegou a tirar o cinturão. Mas eu não deixei, claro! Do jeito que ele estava possesso, acabaria matando a criatura.

"Depois, um pouco mais calmo, disse que iria processá-la por difamação e exigir reparação por danos morais. Mas eu consegui convencê-lo de que tudo isso era uma grande besteira e não ia mais adiantar de nada. Afinal de contas, nós ainda estávamos no lucro — eu pensava. Minha mãe não ficou pobre: seu pai a socorreu e ajudou a criar os filhos. Muito embora jamais quisesse saber dela, envergonhado pelo escândalo que abalou a sociedade da Praia Grande, tinha nos possibilitado acesso à escola. Que eu não aproveitei tanto quanto meu irmão, mas deu pra chegar até aqui.

"Moramos aqui em Santa Rosa, mas a casa é própria. Não nos casamos, vivemos da serraria que vovô Gaspar deixou... Dos males, o menor. É isso.

"Para esfriar a cabeça, depois desse dia desconcertante, chamei meu irmão para tomarmos uma cerveja. E fomos até a Marisqueira d'Elvas, lá na esquina.

"Chegamos, sentamos, o Abílio veio nos atender. Eu sugeri uma Icarahy Bock, escura, forte, encorpada... Orlando preferia uma Guarda Velha, branca, mais leve;

e mais popular. O patrício, feito o rei Salomão, indicou o meio-termo:

— Por que vocês não pedem as duas e misturam? Ótima ideia!

— Na caneca e com bastante colarinho — eu aprimorei.

"Para acompanhar, pedi morcela aos pedaços. No que meu irmão gêmeo, idêntico mas diferente nos gostos, pediu um pratarraz de grão-de-bico com iscas de bacalhau."

17. REGATAS

— Deus, quando criou o homem e a mulher, deu a cada um atribuições diferentes. A mulher é a geradora da família, a *celula mater*, como diziam os romanos; é a dona da casa. O homem, no meu entender, é o provedor e protetor.

— Mas espera aí: Adão e Eva não tinham casa. E Deus nem tinha projeto de família pra eles. A serpente foi que arrumou essa embrulhada.

— Que horror, Iole! Falta de respeito.

— A Bíblia é clara, Ana Amélia. Eles não precisavam de roupa, nem de comida; não precisavam de nada... O conceito de Paraíso é exatamente este: um lugar onde as necessidades, quando existem, já estão todas satisfeitas; ou resolvidas.

— Mas, na vida, cada um tem o seu papel.

— Isso veio depois do Pecado Original, minha santa!

— Mas... Que homem e mulher são diferentes, isso você não vai negar, não é, Matilde?

— São diferentes biologicamente, na anatomia. As diferenças psicológicas são culturais.

— Como assim?

— Foram determinadas pela vida em sociedade, minha amiga!

Essa conversa ocorre entre um pequeno grupo de moças da melhor sociedade fluminense. O ambiente é um luxuoso palacete do Caminho Novo de Botafogo; que, aliás, está para se chamar rua do Marquês de Abrantes. As moças conversam na sala azul, contígua à sala de almoço, que dá para o arco de onde chegam e saem as carruagens da família: a caleça, o cupê, o landô e a vitória.

As amigas se reúnem após o jantar; e, ante a opção dos tacos, na sala de bilhar, preferem a sala azul, talvez para abrandar a aspereza do assunto.

Discutem os direitos da mulher, o sufrágio universal, a condição feminina, enfim. São prós e contras. E, no centro do debate estão Iolanda, a Iole, Matilde e Ana Amélia.

Iole é esportiva, atlética, extrovertida. Seu pai, Mr. J. J. Jordan, de nacionalidade inglesa, foi um dos fundadores do Rio Cricket Club, surgido em Botafogo no ano do nascimento da filha; e que depois cedeu seu nome a uma dissidência, instalada em Niterói, recriada com o nome brasileiríssimo de Paissandu Atlético Clube.

Simpatizante do feminismo, Iole vem acompanhando a luta mundial pela emancipação da mulher, principalmente no Reino Unido e na América do Norte. Assim, já sabe que a onda feminista — que começou com foco na igualdade dos direitos de propriedade; na oposição aos casamentos arranjados; e na relativização do poder do

226

homem casado em relação a mulher e filhos — já toma novos rumos. Agora, o ativismo já se volta para a conquista de poder político, especialmente o direito ao sufrágio por parte das mulheres — ela sabe. Mas algumas feministas já começam também a fazer campanha pelos direitos sexuais, reprodutivos e econômicos.

— Aqui, durante o Império, alguns juristas tentaram legalizar o voto feminino, com ou sem o consentimento do marido. — Matilde fala na condição de primeira mulher bacharelada pela Faculdade Livre de Direito do Rio de Janeiro; e demonstra conhecimento. — A nova Constituição não excluiu o voto feminino, pois na cabeça dos constituintes não existia a ideia da mulher como indivíduo dotado de direitos — diz ela. — Isso fez com que muitas mulheres requeressem, sem sucesso, o alistamento. De início, o texto tinha um dispositivo que dava direito de voto às mulheres; mas na última versão essa medida foi abolida, predominando a ideia absurda de que a política era uma atividade desonrosa para a condição feminina.

Ana Amélia queixa-se do calor. E convida as amigas para subir ao pavimento de cima.

A escada, toda em madeira de lei, abre-se em dois lances, para dar na varanda superior. Mas até lá, as amigas passam pela sala de festas, pela sala amarela — assim chamada pela cor da mobília e das cortinas —, e só então chegam à varanda, que circunda toda a ala esquerda do sobrado. Típica residência senhorial, negociada pelo antigo dono como consequência da derrocada do café no Vale do Paraíba, é a casa de Ana Amélia. Que não é feminista, nem desportista, nem aristocrata.

Nascida numa família muito pobre da cidade de Barbacena, cedo ela foi entregue aos cuidados de Dona Luisa, a baronesa, cujo marido, o barão, é diretor do Banco Comercial e de Descontos. O casal a trouxe para a capital e a internou em um educandário para meninas órfãs. Sentindo-se enjeitada, Ana teve sérias dificuldades escolares, mas superou a ojeriza pelas matemáticas e desenvolveu o dom da escrita. Assim, ainda na primeira adolescência, lendo Bilac, Raimundo Correa e Alberto de Oliveira, começou a rabiscar seus poemas. Que até hoje são versos introspectivos, tristes, amargos, de uma mulher já no limiar da terceira década da existência; e ainda solteira.

Neste ano, que é o dos 30 de Ana Amélia, a capital federal se expande de maneira vertiginosa e desorganizada. De acordo com o último censo, tem uma população que pulou dos 280 mil habitantes para mais de 500 mil. Já tem gás canalizado — para os herdeiros do antigo Império, claro — e conta com linhas de bondes puxados a burro. No centro e nos arrabaldes de mais posses, a urbe já começa a conversar com a Europa por via de cabos submarinos, cujos terminais se localizam no areal desértico de Copacabana, no extremo sul do litoral meridional, sertão ainda a desbravar. Mas a aparência da antiga sede imperial ainda é a dos tempos dos vice-reis e governadores gerais: ruas estreitas e vielas imundas, quase sem árvores que deem sombras aos transeuntes.

Do centro aos arrabaldes, as enormes distâncias são percorridas por raríssimas carruagens. Quem é muito rico pode se dar ao luxo de um cupê de passeio, um landô, uma caleça ou uma vitória, com cocheiros exclusivos. Mas carros de praça são também raros e caros, cobrando verdadeiras fortunas, por hora ou por carreira.

No que toca aos prazeres e alegrias do esporte, a juventude, à exceção dos militares, só agora começa a tirar os casacos, as toucas e os cachecóis; a deixar de achar romântico morrer fraco do pulmão; e a ostentar olheiras profundas, por conta de amores malsinados, que se traduzem em versos, versos e mais versos. Já se começa a praticar esportes; entre eles, as regatas. E a baía da Guanabara, com suas águas serenas, é bastante propícia a essa prática, atual e estimulante.

— Regata nada mais é que uma corrida de barcos, como até os índios já faziam — ensina Iole. — Tornou-se esporte organizado, a remo ou a vela, há pouco tempo, na Europa. Na corrida, os barcos são agrupados em categorias e assim disputam, cada um na sua classe. Os barcos pequenos geralmente fazem um percurso mais curto.

Iole está certíssima. No Brasil, o interesse pelos divertimentos náuticos é registrado desde a primeira metade do século. Em 1846, a imprensa noticiou um movimentado desafio náutico entre as guarnições de duas canoas de remos de pá, *Cabocla* e *Lambe-Água*, no percurso da Praia de Jurujuba à dos Cavalos. A competição levou à Praia de Santa Luzia grande assistência, que presenciou emocionada o desafio. Tal tipo de carreiras acabou se tornando frequente no Pará, no Ceará, na Bahia, no Rio de Janeiro e no Sul do país. Essa frequência e a afluência de público às regatas levaram à organização do remo como prática desportiva, o que aconteceu na década de 1870.

229

O primeiro clube de remo do país foi o Guanabarense, ao qual se seguiram outros, em vários pontos do país. Na década seguinte, ainda na capital federal, fundaram-se os clubes Cajuense, Paquetaense e o Internacional. E o novo esporte vai ganhando cada vez mais aficionados, entre praticantes e espectadores, tanto de um lado quanto de outro da maravilhosa baía. Do lado da Praia Grande, a moçada do Clube Gragoatá se destaca, a bordo da portentosa baleeira *Alfa*. Do lado de cá é a rapaziada do Botafogo, na canoa *Diva*. O que acaba por motivar o surgimento de mais uma agremiação.

— O clube nasceu praticamente dentro da nossa casa. — Agora, quem conta é a baronesa, que veio juntar-se às meninas no chá, servido às cinco da tarde em ponto. — Meu filho Dequinha fazia parte de um grupo de rapazes que costumava se reunir quase todas as noites na calçada do Lamas, aquele bar lá adiante. Eu nunca vi com bons olhos aquilo; preferia que eles se reunissem aqui em casa. Mas rapazes, moças… Vocês sabem. O motivo da minha preocupação eram as cantorias, as serenatas com violões. E do Lamas, eles iam para a praia. Ou pra Botafogo… E até mesmo pra Copacabana…

— Aquele deserto…

— Eles saíam quase em passeata, de patuscada, e iam longe. Aí surgiu a ideia de comprar um barco para os passeios. E esse barco foi uma baleeira velha, que eles compraram por uma bagatela, reformaram e batizaram, lá à moda deles, como *Ferusa*, um nome que ninguém sabe de onde eles tiraram.

— Ferusa é um nome grego, Dindinha; da mitologia.

— Ana Amélia é poetisa, e sabe dessas coisas. — É uma das cinquenta filhas de Nereu. O nome quer dizer aquela que carrega; a que transporta.

Ninguém se espanta, pois a erudição da agregada já é notória. E a baronesa finge que não ouve, pois não gosta de exibicionismos, ainda mais de gente sem berço. E prossegue:

— O estaleiro era numa tal de Praia de Aracaju; e eles vieram de lá até aqui. Mas o tempo estava ruim e fez a baleeira virar e se espatifar contra um rochedo que dizem que tem por lá. Mas meu filho nadava muito bem, tinha ótimo preparo físico, então conseguiu chegar à praia e levar socorro para os colegas. E eles não se intimidaram nem se deram por satisfeitos: fizeram uma nova reforma na *Ferusa*. Só que ela foi roubada e desapareceu. Segundo algumas pessoas, teria sido engolida por um peixe estranho, gigantesco...

Lendas, mitologias, fantasias... O mar é assim mesmo. O certo é que, com seus passeios pela baía, os rapazes foram criando gosto pelo remo e, um dia, tiveram a ideia de um clube. O primeiro passo foi a aquisição de uma sede, problema quase insolúvel, dado ao fato de, apesar de terem famílias de posses, os rapazes serem todos estudantes.

— A salvação veio com meu marido, que ofereceu a eles, sob promessa de absoluto sigilo, um crédito bancário. — A língua da senhora baronesa não cabe dentro de sua nobre boca. — Assim, eles conseguiram alugar um sobrado antigo na praia. Foi lá que a turma se reuniu pela primeira vez e fundou o Grupo, agora Clube de Regatas.

E o engraçado é que até hoje eu não sei onde fica essa tal Praia de... como é mesmo?... Maria do Caju, onde meu filho arriscou a vida para salvar os colegas.

A baronesa não conhece a baía. E confunde Caju com Aracaju. Não sabe que o Caju é uma das localidades mais aprazíveis da Guanabara. E a praia, propriamente dita, é a continuidade de uma faixa litorânea que começa no mangue de São Diogo, região que de certa forma se confunde com a de Santo Cristo dos Milagres ou, abreviando, Santo Cristo.

A colônia de pescadores da região, consagrada a Nosso Senhor do Bonfim, é uma das mais bem organizadas da baía. É portuguesa até a raiz dos cabelos, e isso tem sido motivo de rivalidades e problemas. Muitos dos quais, aliás, habilmente resolvidos por Dona Maria Vitória, uma lusitana diferente até na fala, pois nasceu em São Paulo da Assunção de Loanda. E ela faz questão absoluta do "o" em vez do "u" de Luanda — capital da província ultramarina d'Angola:

— Aquilo lá hoje é a Paris de África. Na *banza*, a cidade capital, já temos um aqueduto que fornece *bué de menha*, muita água potável à população; edifícios públicos; muitas casas térreas; casas com primeiro andar... Antes, eram só as cubatas dos pretos... Mas eu *bazei* pro Brasil porque era o Brasil que governava Angola. E as oportunidades de amealhar um *jimbo*, um *quitári*, um rico dinheirinho, sempre foram maiores no Brasil que em Portugal, pois não?

Dona Maria é uma das lideranças espirituais dos pescadores do Caju e do Santo Cristo. O padre Florêncio, da

Igreja do Bonfim, reza a missa e ministra os sacramentos. Mas, quando a coisa fica feia mesmo, é Dona Maria Vitória que resolve. Como agora.

As rivalidades entre brasileiros e portugueses é antiga: vem desde os movimentos nativistas do século XVIII. Mas agora, aqui na baía, a coisa recrudesce.

O problema é o decreto que nacionalizou a pesca nas nossas águas: promulgado, regulamentado, mas nunca posto em prática, ele exige que metade da tripulação da Marinha Mercante seja de brasileiros natos. Agora, criou-se uma Inspetoria da Pesca para cuidar do assunto; e o inspetor-geral resolveu fazer cumprir a lei ao pé da letra. Para tanto, ele anda pra lá e pra cá, a bordo do barco oficial, apreendendo embarcações, e entre elas os barcos pesqueiros. Os pescadores aqui são todos poveiros, ou seja, portugueses da Póvoa de Varzim, cidade litorânea entre o Minho e o Douro, de gente que come bem, bebe bem, canta bem... dança bem... Mas também é boa de briga.

O governo quer que os poveiros se naturalizem, em massa, para poderem continuar trabalhando na pesca. E eles não querem. Dizem que nasceram pescadores e querem morrer pescadores; mas portugueses. Caso contrário, dispõem-se a promover uma greve que poderá deixar o Rio de Janeiro sem pescado de qualquer espécie. Se preciso for, para sempre.

Diz-se por aí que eles formam um enclave, onde quem não é poveiro não entra, mesmo sendo português. E aí é que está o nó. Ante essa perspectiva aterradora — em que o já confuso governo da República recém-proclamada promete, inclusive, criar colônias de pesca só pra brasileiros —, Dona Maria Vitória é consultada. E faz uma previsão sinistra:

— Daqui a mais ou menos sete anos, alguém vai morrer na Guerra dos Poveiros. Vai ser gente influente, importante, diferente. O Rio de Janeiro vai chorar a morte desse filho. Que vai morrer afogado numa terrina de robalo ensopado com batatas; e enrolado na bandeira de Portugal...

Alheia à profecia, mas de olho na Guerra dos Poveiros, a rapaziada do Santo Cristo se diverte no batuque que rola lá em cima do Morro do Pinto. Na farra, Henrique, o Poeta, filho do padeiro, Seu Carvalho, lusitano de recursos, tira uma cantiga nova:

— Ô pescadô-ô-ô, ô pescado-ô-ô!/ Me diz o nome/ do peixe que você pescou.

O estribilho é animado e todo mundo repete, batendo palmas. No que Henrique canta o solo, enumerando e rimando 365 nomes de peixes, até mesmo de água doce, um para cada dia do ano:

— Tem anchova, garoupa e pescadinha/ Piraúna, badejo e tubarão/ Bagre, olho-de-boi e olho-de-cão/ Tira e vira, traíra e cavalinha/ Serra, tucunaré, pargo e tainha...

O coro volta ao estribilho, com o pretinho Dunga, parceiro do Henrique, rasqueando no machete, que agora ele chama de cavaquinho. E o Poeta volta ao solo:

— Cororoca, manjuba e jacundá/ Guarijuba, cascudo e peixe-galo/ Mandubé, surubim, trilha e robalo/ Piraíba, pintado e jandiá/ Piraquê, mafurá e marimba...

Volta de novo o estribilho. O Dunga parece que está dando um nó no bracinho do seu instrumento. E o Henrique ri que se escangalha; mas não perde o fio da meada:

— Barracuda, xixarro e muzundu/ Sororoca, savelha e mangangá/ Palombeta, merluza e canguá/ Caratinga, moreia e tanduju/ Prejereba, paru, caramuru...

"Ô pescadô-ô-ô, ô pescado-ô-ô! Me diz o nome do peixe que você pescou."

A patuscada tem um motivo forte. É que, apesar da Guerra dos Poveiros, declarada, mas ainda não deflagrada, está nascendo, no seio da comunidade portuguesa, um clube de regatas também. Como aquele lá da Praia dos Flamingos.

É que, um tempinho atrás, uns gajos, a maioria lusitanos e descendentes, se reuniram numa sala da Sociedade Dramática Filhos de Talma, na Saúde, e fundaram mais um clube de remo. O nome escolhido foi Clube de Regatas Almirantes, em comemoração aos quatrocentos anos da viagem de certo almirante às Índias Orientais. As reuniões primeiro aconteceram na casa de outro Henrique, o Ferreira Monteiro, na rua Teófilo Otoni esquina com a travessa de Santa Rita, em cima da loja onde o gajo trabalha. Como o número de aderentes foi crescendo, as reuniões passaram a ser feitas nos Filhos de Talma. Mas a festa de posse da diretoria foi nos salões da Sociedade Arcádia Dramática Esther de Carvalho, a popular Estudantina Arcas, bem ali perto.

Sobre isso, Dona Maria Vitória, madrinha do clube, com seu impressionante dom de vidência, diz que ainda vai dar muita confusão. Porque um dia a rua da Saúde vai se chamar Sacadura Cabral, em homenagem ao explorador patrício que vai atravessar o oceano Atlântico a bordo de um pássaro voador. E aí, uns vão dizer que o clube foi fundado na rua da Saúde, e outros, que foi na Sacadura.

Dona Maria Vitória tem mesmo poderes fenomenais. E quem lhe garante esse dom, diz ela, é uma sereia de Angola, sua terra natal. E explica, aos que a acusam de bruxa e feiticeira:

— Existem sereias benignas e sereias malignas; sereias brancas e sereias pretas; sereias dos rios e sereias dos mares. Minha sereia é a Kianda, a sereia da Muazanga, a ilha de Luanda, Angola, e dos mares adjacentes. Ela mora nos rochedos que circundam a Fortaleza de São Miguel, entre a Praia do Bispo e a que um dia vai se chamar avenida Marginal, pois não? Eu sou cavalo da Kianda. Eu a recebo na minha cabeça e no meu corpo. Por conseguinte, eu sou um *kimbúlu diá kalunga*, um cavalo marítimo, estás a entender? Mas a minha sereia só realiza trabalhos benignos, de paz, saúde e prosperidade. Tem muitos negociantes, prupiatários — ela fala exatamente assim —, que vêm me procurar com finalidades ilícitas. Na Revolta da Armada, mesmo... Aaaah! Cala-te, boca! — Aqui, Dona Maria Vitória dá um longo suspiro, bate com as pontas dos dedinhos nas bochechas, de um lado e do outro, encerrando a conversa. — Mas eu só trabalho por encomendas benfazejas.

O Clube de Regatas Almirantes recorre sempre a ela. Por isso, com apenas dois meses de existência já conta com trezentos sócios. E, assim, a diretoria solicita a inscrição oficial do clube na União de Regatas Fluminense, ao mesmo tempo informando suas cores distintivas e as características do seu uniforme: camisa preta cruzada por uma faixa branca e a cruz de Cristo sobre o coração. O que Martinho da Hora, o diretor de patrimônio, assim explica:

— A cruz é a mesma que levou a bênção cristã aos gentios das Índias; a faixa branca simboliza o estandarte que o Gama recebeu de dom Manuel, o Venturoso; e a camisa negra representa os mares escuros navegados pelas caravelas.

A estreia da nova agremiação aconteceu vitoriosa, na enseada de Botafogo, com a baleeira *Volúvel*, de seis remos. E logo na primeira competição ficou clara a diferença: enquanto os outros clubes de regatas são aristocráticos, congregando o melhor da sociedade fluminense — como acentua a imprensa —, a base do Almirantes é formada por gente humilde, como é o caso de Manuel Miranda.

Manuel, brasileiro, filho de português com uma senhora "morena", apesar de jovem, é um veterano da Revolta da Armada, na qual foi ferido e ficou incapacitado. Forte e sadio, apesar do defeito físico ocasionado pela lesão, dedica--se inteiramente ao remo, numa atividade que, além de seu ganha-pão, é seu verdadeiro objetivo na vida. Ele sonha ser admirado como remador de um desses clubes aristocráticos que já começam a ser moda na baía de Guanabara.

A oportunidade surge exatamente com a fundação do Clube de Regatas Almirantes, que, ao contrário dos outros, não faz questão de aristocracia em suas equipes de remado-res, e sim de campeões. Tanto que já tem até dois remadores de cor. Assim, Manuel ingressa no clube, recebendo, a cada vitória, às escondidas, um dinheirinho arrecadado num rateio feito entre os sócios, o que o anima ainda mais.

Passam-se, então, dias, semanas, meses... E Manuel vai se tornando conhecido e admirado no meio, e depois na cidade, com sua crescente mitologia tomando corpo:

— É um caboclo de mais de dois metros de altura. Os braços dele chegam abaixo dos joelhos; e parecem duas toras de pau. Ele quase nem cabe direito dentro do barco; e cada remada que ele dá o mar chega a levantar. Olha! E já tem mulher rica aí, e até casada, querendo levar uns apertos dele. Tem mesmo! Você sabe como é que são essas donas de agora, né?

Exageros, mentiras, fantasias. O mar é assim mesmo. Mas as estruturas do solar da baronesa começam realmente a ser abaladas.

• • •

A tarde já vem caindo sobre o palacete. Ana Amélia e sua amiga Iole estão no segundo pavimento, na Sala do Piano, assim chamada com bastante ênfase para distingui-la das outras, a Verde, a Amarela e a Azul, cuja fútil importância se resume às cores dos respectivos mobiliários e peças de decoração. Mas, além do piano, a sala abriga também uma harpa.

Ana Amélia acaba de executar, ao piano, a *Grande fantasia triunfal sobre o Hino Nacional Brasileiro*, de Gottschalk, cuja morte abalou a cidade, duas décadas antes. E o fez apaixonadamente, como sempre que toca o desditoso músico norte-americano. Não só pela circunstância de ele ser autor de finas obras ligadas às tradições negras dos Estados Unidos e do Caribe. Mas também por ter descoberto, em seus estudos, que a mãe de Gottschalk era haitiana. O que a leva a transportar seu pensamento até o remador Manuel Miranda.

— Ora, ora, ora... Eu aqui martelando esse piano desafinado e lá fora a juventude singrando as águas da baía... Eu sou mesmo uma velha coroca...

— Amélia! Por que isso? Você acaba de tocar uma peça maravilhosa; com uma desenvoltura ímpar...

— Sabe, Iole? Eu queria mesmo é estar num barco, remando, remando...

— É... As regatas ganharam a cidade. E isso é definitivo. Não se fala noutra coisa.

— E eu não consigo pensar em mais nada.

— Não, Ana Amélia! Não vá me dizer que você se impressionou com o... Como é mesmo o nome dele?

— Manuel Miranda.

— Mas querida... Você reparou que ele é meio bicho do mato? E tem o cabelinho meio... Reparou?

As conversas de Iole sobre direitos da mulher, emancipação e liberdade mexeram com a cabeça de Ana Amélia. E o elogio da prática desportiva, da vida saudável, ao ar livre, levou-a, juntamente com a amiga e outras moças, à enseada de Botafogo, num domingo, para assistirem, curiosas, ao desempenho da baleeira *Volúvel*, de seis remos, conduzida pelos pobretões do Santo Cristo, da Saúde e de São Cristóvão, sob o estandarte do tal almirante descobridor das Índias.

— Em se tratando de uma espécie de representação alegórica da expedição às Índias, nada mais lógico e justo que se destacasse pela mestiçagem da tripulação.

Ana Amélia fantasia, repassando no pensamento aqueles restos naufragados das aulas de História: Zanzibar... Mombaça... Sofala... Mogadixo. A flecha de Cupido a atingiu em cheio. Como aquela que furou a barriga da perna do Gama na costa de Moçambique. E então, na semana seguinte, por artes não se sabe de que demônio árabe-africano, ei-la numa velada entrevista com o mulato remador, arranjada, não se sabe como, ao luar, numa praia incerta e não sabida.

— Nasci no mar e vou morrer nele. A sereia de Dona Maria Vitória foi que falou.

Ana Amélia não sabe quem é a sereia, nem Dona Maria Vitória. Manuel explica, com fé e respeito. E dá detalhes sobre o culto da Kianda, trazido de Angola.

— Mas vocês não são católicos, cristãos?

Ana Amélia se espanta, mas não é de todo leiga e acaba entendendo. Afinal, no Brasil todo católico é um pouquinho espírita, hinduísta, xamanista... E sabe que o mar infunde em todos um respeito místico. E acha até bonito o que Manuel conta sobre as festas de Dona Maria Vitória:

— No princípio ela festejava no dia de Nossa Senhora dos Navegantes, em 2 de fevereiro. Agora, é em junho, no dia de São Pedro.

A preparação da festa começa na véspera, com a matança dos animais cujo sangue irá regar as pedras simbólicas onde mora a sereia. Enquanto isso, prepara-se o balaio dos presentes que serão entregues a Kianda. E Manuel continua:

— No balaio, deve-se botar tudo o que uma mulher bonita, como ela é, gosta e precisa: espelhos, pentes, perfumes, tinturas, joias, cortes de fazenda, rendas, miçangas, flores, frutos, bolos, doces em geral; e dinheiro, muito dinheiro. Suas comidas prediletas são as feitas com frutos do mar. Então, as travessas são sempre cheias com moquecas, empadões, bolinhos, tudo de camarão. E grandes e saborosos peixes, assados, ensopados, escaldados, fritos... Mas que não sejam de pele nem tenham muita espinha. Que a sereia, se engasgar, pode armar uma quizumba daquelas... E não se pode brincar com ela, não! — Manuel adverte.

Ana Amélia acha tudo muito novo, muito pitoresco, muito interessante. Afinal, já faz mais de um mês que ela e Manuel vêm se encontrando às escondidas. E o amor começa a vencer todas as barreiras que se põem entre os dois; até mesmo o disse me disse que paira no ar, dos palacetes aos areais; e até mesmo nos cortiços. Como o do João Romão da Pedreira.

A verdade é que, quando mais moça, Ana Amélia rejeitou bons casamentos, sempre à espera de um príncipe encantado. E agora, vendo o tempo passar, está embeiçada por esse tipo sem eira nem beira, sobre o qual ninguém sabe nada, a não ser que é pescador e teve aquele braço aleijado na Revolta de Custódio de Melo. Assim, a baronesa, quando sabe do namoro, depois de passar uma dura reprimenda na desmiolada, põe um informante no encalço do capadócio.

As informações que chegam são as piores possíveis. Dizem que o rapaz bebe, não gosta de trabalhar, é viciado em jogo e bate em mulher. Então a baronesa chama a afilhada para lhe repassar a "folha corrida" que o informante lhe transmitiu. Ana Amélia diz que é tudo calúnia, inveja que o povo tem do Manuel, porque agora ele é um astro das regatas, um remador de cartaz; e os ricos dos Flamingos não podem admitir que um pobretão seja melhor que eles.

— Ele é pobre mas é distinto: é trabalhador. Ajuda no sustento da família com os peixes que esta baía lhe dá... Com as graças da sereia do mar.

A alusão à sereia causa espanto e mais desgosto ainda à baronesa. Com que então, sua afilhada, sua filha de criação e do coração, além de se deixar envolver por um desclassificado, um valdevinos, ainda abjura a Santa Madre Igreja para se imiscuir em seitas fetichistas, em ritos pagãos de portugueses contaminados por seus colonizados africanos. Que castigo, meu Deus!

— Eu gosto dele, ele gosta de mim; e nós vamos nos casar, madrinha! Na igreja ou no centro espírita. Seja na terra, seja no mar.

• • •

No mar e na terra, o interesse pela prática do remo nas águas da incomparável Baía de Guanabara nasceu bastante influenciado pelos rapazes da nossa aristocrática Marinha de Guerra e pelas famílias europeias residentes no Rio e em Niterói. Entre estas, até mesmo moças e senhoras vêm se dedicando à prática do esporte. Na Ilha Pombeba, na enseada de São Cristóvão, funciona um clube de regatas organizado por alegres mocinhas francesas.

Então, é inegável que o remo vem se popularizando e conquistando lugar na vida carioca. Aliás, tanto para o bem quanto para o mal. Porque não é só como esporte e exercício físico, não. É também como jogo de apostas, do mesmo jeito que as corridas de cavalo e até mesmo o jogo do bicho que as regatas atraem público. Sim! A fidalguia do esporte náutico vem sendo infiltrada de malandragem; e magnetizando todo tipo de gente, inclusive a capadoçagem, o povo da navalha e da bengala petrópolis. Pelo menos é isso o que dizem os jornais, em mensagens claramente dirigidas aos clubes lá de dentro, da parte mais interior da baía, como o Cajuense, o Bonsucesso e, com destaque, o Almirantes.

De positivo, contudo, temos o Pavilhão de Regatas de Botafogo, o estádio especialmente construído para os apreciadores das regatas — e onde não se permite o acesso de pretos e mulatos, cujo lugar é na muralha do cais, onde se amontoam, aos empurrões, os descalços e sem chapéu. Porque o Pavilhão é um dos mais refinados pontos de reunião da elegância e da *finesse* fluminenses. Nele, sem assoadas, gritarias, escândalos, foguetórios ou outras manifestações plebeias, ao final das provas, os ditosos vencedores são aplaudidos com civilidade e etiqueta; e os pobres derrotados também, como vem nos ensinando o nobre barão Pierre de Coubertin.

Mas o que o ilustre barão francês, presidente do Comitê Olímpico Internacional, não sabe é que neste momento, na paradisíaca Baía de Guanabara, da qual ele, por certo, já ouviu falar, começa a travar-se uma batalha que não é só de categorias — esquifes, ioles, baleeiras etc. —, mas de classes sociais, como estudadas por dois sem patrão: o alemão Engels, recém-falecido, e seu compatriota e parceiro Marx, o qual nem de leve pode supor o que neste momento começa a acontecer no terreiro de Dona Maria Vitória, entre o Saco do Alferes e a Ilha das Moças, no Santo Cristo, Cidade de São Sebastião do Rio de Janeiro.

A "Loca da Kianda" ou Terreiro da Sereia fica nos fundos da casa de moradia de sua fundadora. Entra-se por um corredor estreito, entre a parede direita da casa e a cerca viva que a separa da propriedade vizinha. No fundo do quintal, ocupando quase toda a largura do terreno, que não é lá muito grande, ergue-se uma espécie de alpendre ou avarandado onde se realizam as festas públicas.

São cinco horas da tarde, de um sábado de muito calor; o alpendre já está repleto e o ex-pescador, hoje só remador, Manuel Miranda está sozinho. Tímido, ele se acomoda a um canto, encostado num dos postes de sustentação do avarandado. As "médias" — como se autorreferem as filhas de santo — vestem trajes rituais, simplesinhos mas imaculadamente brancos, porque enxaguados na tina de água e anil, quarados ao sol e muito bem passados e engomados no calor da maxambomba. Percebendo o momento, elas vão formando uma roda, deixando aberta a entrada.

Eis que então adentra o alpendre, saída de uma das camarinhas ao fundo, a garbosa sacerdotisa. É uma senhora branquinha, gordinha e baixinha, que só não parece uma boneca de porcelana por causa do buço que lhe cobre o curto espaço entre o lábio superior e o narizinho arredondado.

— Abença, Minha Mãe! — pedem alguns. Dona Maria Vitória usa um traje que parece combinar elementos africanos com ameríndios e europeus: saia rodada, camisa de rendas, turbante e chinelinhas; mas sobre a saia ostenta um saiote de penas multicoloridas, e encimando o turbante, e cobrindo-o em parte, um cocar emplumado. Sobre os ombros, ela traz uma capa de veludo preto, ornada de arminho branco, cravejada de pequenos enfeites espelhados em forma de peixes, caravelas e cavalos-marinhos. E pendente do pescoço, em um grosso colar de ouro trabalhado, uma cruz esmaltada em vermelho. Além disso, a honorável sacerdotisa traz, em uma das mãos, um maracá indígena de natureza vegetal, e na outra, uma sineta metálica.

Caminha com passadas lentas e graves a sacerdotisa. Segue-a um séquito de sete senhoras vestidas com trajes característicos das baianas de tabuleiro, com os panos da costa lançados com elegante displicência sobre o ombro esquerdo, duas delas sustentando as pontas do longo manto. Quase ao seu lado, mas respeitando a distância protocolar de um passo atrás, vem o padeiro Seu Carvalho, pai do trêfego Henrique Poeta, que já tivemos oportunidade de conhecer; e que, segundo se sabe, é o sustentáculo econômico-financeiro do templo e do culto da sereia. Ele enverga uma alinhada farda branca de oficial da Marinha britânica. O jaquetão de oito botões, a gravata quase oculta, o quepe, bem como os alamares, galões e condecorações rebrilhantes, fazem-no lembrar, por sua altura e seu porte, o príncipe consorte — marido da rainha Vitória — Alberto de Saxe-Coburgo-Gota. Sem a barba.

Feitas as vênias de estilo, o batuque começa ao som de três tambores de tamanhos, sonoridades e funções diferentes e complementares: o menor e mais agudo, com seu repicado e redobrados, sustenta a polirritmia; o médio interfere nos espaços que o agudo lhe deixa, como se conversasse com ele; e o mais grave estabelece as variações, as quebraduras, as quedas, as sincopações bruscas, que confundem quem tenta seguir o ritmo a partir do *ratim-*

bum primário das marchas militares. Confundindo mais ainda, porém causando um efeito de prazer frenético e uma compulsão indescritível à dança, vão se sobrepondo os cassacos, dicanzas, guaiás, patangomas, gonguês, ganzás... *É o sambangola, Mundele! É, Mundele, sambangolá!*

Tomado pelo ritmo eletrizante, mas sem perder a fleugma, Seu Carvalho faz as honras da casa, recebendo os convidados, animando o canto, anunciando as regras.

Altas vibrações são sentidas no ar, anunciadas pelo cheiro de maresia que envolve o ambiente. Então, logo, logo, umas depois das outras, velhas senhoras rodopiam como piorras, entrando em transe; outras tentam conter a Força irresistível. Pouco a pouco todas as *médias* vão incorporando suas entidades, no que são atendidas pelas sete sacerdotisas auxiliares — as sambas, cortesãs, damas da corte, como as do antigo reino do Dongo — e encaminhadas para fora, cuidadosamente levadas pelo estreito corredor e chegando à praia enorme, que se abre em frente à casa.

Dona Maria Vitória já não é mais ela mesma e sim a Kianda, senhora das águas das baías de Luanda e da Guanabara. Seu aspecto agora é o de uma grande, bela e maternal baleia à qual um cardume de golfinhos saltitantes e dançarinos vem saudar, na cadência bem marcada da batucada fantástica.

Manuel Miranda, que o povo do Rio de Janeiro já começa a identificar também como o Manuel da Quinta, assiste a tudo, nervoso e indeciso. Mas a Kianda sabe o que o rapaz espera; e vem falar com ele, trazida pelo almirante seu Carvalho da Padaria, o único que entende sua fala e sabe traduzi-la:

— Mamêtu Kianda diz que um inimigo está tramando a sua morte no Calunga, no mar, *candengue*... Ele quer impedir que você receba o presente que o Calunga está lhe dando... Porque você nasceu do Calunga, do mar, é no mar que tem que viver... O inimigo quer ver você *cufar*, morrer no mar... Mas ela não vai deixar que isso aconteça... Porque você nasceu para viver e amar no mar... E só quando chegar seu tempo, e depois que receber tudo o que Calunga, o mar, tem pra lhe dar, aí sim, você vai poder ser *menha*, água, e se misturar com o amor do mar.

Isso se deu há três semanas. Num sábado. E hoje, domingo, é o dia do primeiro confronto dos remadores do Almirantes com seus adversários do Flamingos. A imprensa se encarregara de acirrar os ânimos. Afinal, era a elegância e a etiqueta dos rapazes da Zona Sul que estava em jogo. E eles não poderiam perder para aquela guarnição de pés de chumbo, pés-rapados e fadistas, infiltrada de navalhistas, capadócios e capoeiras.

A competição, promovida pelo Grupo de Regatas Gragoatá, é oficial. E tanto um quanto outro dos contendores inscreveram um barco para concorrer no quarto páreo. Os oito do Flamingos são: Álvaro Werneck (voga); Cantídio Müller (sota-voga); Adalberto de Andrade Osório (contra-voga); Carlos Eduardo Moretzsohn (primeiro-centro); Guilherme Guilhobel Penteado (segundo-centro); Wilfrido de Brito Freire (contra-proa), Ernesto Alves Bacellar (sota-proa); Cláudio Jorge da Silveira (proa). E o timoneiro chama-se Moacyr Althier.

Já a inscrição do octeto do Clube de Regatas Almirantes foi feita de modo informal, com os nomes pelos quais os rapazes são conhecidos, e divulgados na ordem natural em que se posicionam no barco, no caso um iole de oito remos. Assim: Manuel da Quinta; Galego; Patrício; Cabo-Verde; Bom--Cabelo; Joaquim Primeiro e Joaquim Segundo. O patrão, que os Flamingos chamam de timoneiro, é o Vaca-Braba.

O primeiro mencionado, Manuel da Quinta, o proa do barco, é o nosso Manuel Miranda. Que na preparação para a regata cometeu um equívoco: ao raspar o barco, querendo lhe dar um aspecto melhor, raspou-lhe também a massa com que ele havia sido calafetado. E os Flamingos também não deixaram de contribuir para o grotesco do espetáculo que se veria depois.

Como a disputa só ocorreria no sexto páreo, mais para o fim da tarde, os moços resolveram almoçar no restaurante Marialva, na rua da Praia, regando os finos acepipes que chegaram à mesa com não sabemos quantas garrafas de finíssimo vinho francês. E aí se deu a melódia.

A moçada dos Flamingos era a favorita, pois tinha vencido cinco das seis últimas provas que disputara. E os remadores do Almirantes eram vistos apenas como uma curiosidade.

Só que o barco rubro-negro — essas eram as cores do Flamingos, em homenagem aos Tenentes do Diabo, uma das forças do Carnaval —, por efeito do almoço avinhado a que seus atletas se entregaram, entrou na água e partiu em zigue-zague, quase quebrando as balizas da raia e indo chocar-se com o do maior adversário, cujo proa, em face do impacto, é jogado para fora do barco.

Tudo isso em meio ao foguetório que espoca da amurada do cais, onde se concentra a multidão desordenada e bagunceira, que, espantada com os estampidos, corre sem direção pra cima e pra baixo.

Uns dizem que é uma briga entre apostadores armados; outros garantem que é a prometida Rebelião dos Poveiros, que finalmente eclode; outros mais fogem, achando que é o segundo ato da Revolta de Custódio de Melo. Em contraste com essa histeria, "própria das constituições inferiores", a fleugma altamente civilizada dos ocupantes do Pavilhão aplaude de modo polido, delicado.

Aos trancos e barrancos, o esquife *Irezê*, dos Flamingos cruza a linha de chegada com uma vantagem de doze barcos com o tempo de 25 minutos e 48 segundos na raia de 6,8 quilômetros. Só que três de seus tripulantes estão feridos e desmaiados.

Enquanto isso, a moçada do Almirantes, em desespero, procura por Manuel da Quinta, o seu destacado proa, exaltado pela parcela menos aristocrática e mais independente da imprensa fluminense como um de nossos maiores e mais completos remadores.

O que ninguém sabe é que Manuel, a essa altura, já está são e salvo em Icaraí. Os tiros disparados em sua direção por sicários, a mando de uma destacada personalidade do nosso mundo financeiro — como os jornais não ousarão publicar —, não o atingiram. Foram, pelo contrário, ferir remadores do Flamingos, os quais, graças a Deus, sofreram apenas leves escoriações, sem maiores consequências.

Em Icaraí, na Pedra do Índio, já espera por Manuel a Ana Amélia Amada. Que recebe o seu Apolo à beira d'água, completamente despida de qualquer vezo desportista, feminista, ou aristocrático. Ela é, agora apenas

Dafne (*Kissímbi*?), seu primeiro amor; mas infensa a toda e qualquer vingança ou castigo de Eros (*Kizolo*?).

A sotavento, o sol em sua vermelhidão já mortiça, se põe lá embaixo, por trás da serra da Carioca... E seu último luminoso raio faz brotar, na umidade da areia, o barco da última esperança.

É um cachalote prateado — surgido ali por artes conjuntas de Vênus e da Kianda —, encantado, embelezado e preparado, selim e arreios reluzentes, de ouro e prata lavrada, para a viagem de núpcias; e banhado do luar que o céu derrama na baía.

E lá se vai o Amor, a galope, mar afora: Piratininga... Camboinhas... Itaipu... Ilha da Menina... Da Mãe... Do Pai... No mar sem fim.

18. A MÃE DAS ILHAS

"Mandubiras é o nome, registrado por alguns cronistas até o século XVII, pelo qual se autodenominariam alguns grupos de língua tupi, habitantes, provavelmente, do entorno da Baía de Guanabara e também, quiçá, de algumas áreas das capitanias do Espírito Santo, das Minas Gerais e de São Vicente. Sabe-se hoje, entretanto, que se um dia houve indígenas assim chamados, eles constituiriam grupos tribais distintos, embora fizessem parte de um mesmo conjunto étnico e revelassem na cultura os mesmos traços básicos fundamentais.

"Localizados, talvez, em algumas das regiões onde os europeus primeiro se fixaram, esses indígenas foram objeto de descrições ambíguas em alguns documentos, nos quais eram distinguidos dos demais grupos de língua tupi, seus prováveis parentes. No Rio de Janeiro, teriam ocupado ampla faixa litorânea, a respeito da qual não existe concordância entre os cronistas. No interior, ao que parece, teriam chegado a penetrar cerca de 100 quilômetros na região da Angra dos Reis, além de terem levantado aldeias em 50 quilômetros ao longo do rio Paraíba do Sul.

"A partir da segunda metade do século XVII nenhum documento consigna mais o nome étnico 'mandubira', pelo que se acredita ter esse povo sido dizimado por algum tipo de epidemia, cataclismo ou holocausto." (Cf. A. Baeta Neves, *Tratado geral dos indígenas da Guanabara*, Rio de Janeiro, Ferrari & Irmãos, 1950, p. 171.)

• • •

Pombas! Mais uma pesquisa frustrada... Mas esse povo existiu, sim, tenho certeza. E sua memória permanece viva no nome dela, da heroína Tereza Mandubira, ou simplesmente Dona Tereza, mulher admirável.

"Tereza" é nome de origem greco-latina, eu já sei. E significa habitante de Therasia, uma ilha próxima a Creta. Mas nossa heroína não tem nada de grega nem latina: é índia, muito índia. O nome dela mesmo era *Terema*, que é outro povo com o qual nossos antepassados se misturaram também. Os portugueses é que entenderam *Tereza*. E ela é a grande mãe de todo o povo destas ilhas.

O problema é que existem duas hipóteses sobre o povoamento daqui. Uma diz que os primeiros habitantes, que eram índios, naturalmente, entraram pela barra, vindos de Parati, Ubatuba, sei lá... A outra diz que eles vieram pelo fundo da baía, por aqueles rios que desembocam por lá: Sarapuí, Iguaçu, Suruí, Guapi, Magé, Miriti... Você vê que é tudo nome de índio.

A mais plausível, mesmo, é essa segunda hipótese. Porque os índios de fora da barra, de Parati, Ubatuba, Caraguatatuba, eram tamoios. Como os lá de Cabo Frio. E os de dentro eram mandubiras. Que é a nossa raiz, tenho certeza. Principalmente quando me lembro do meu pai.

O velho era um caboclo forte, troncudo, pele bem escura, mas cabelo bom, sempre penteado pra trás. Bebia bem, comia de tudo; e aos 65 anos nunca ficara nem resfriado. E minha mãe tinha aqueles ombros mais largos que as cadeiras, pernas finas e aqueles cabelos escorridos, lisos. Como uma mandubira mesmo.

Quando o Brasil mal começava a ser colonizado, já viviam aqui alguns portugueses. E entre eles um, ainda moço e forte, chamado Gonçalo de Mendonça Lopes. Era um aventureiro, mas urbano, lisboeta, da capital — a qual, naquela época, era não apenas uma das mais importantes cidades da Europa, como também uma verdadeira metrópole.

Gonçalo era carpinteiro. Mas viera para o Brasil em busca do Eldorado, sonhando com todas aquelas maravilhas que se sabiam ocultas pelas florestas de pau-de-tinta. A pobre nau em que viera até a Terra de Santa Cruz chegou até a boca do "grande rio", que depois se soube ser esta baía. Mas naufragou pela força de um vagalhão que se formou na altura de um dos arquipélagos que guarnecem a entrada.

Todos os tripulantes e passageiros pereceram. Mas Gonçalo, agarrado ao baú de cedro onde carregava seus pertences, conseguiu flutuar. E no meio da semiescuridão da madrugada, conseguiu acender e soltar um foguete, que iluminou toda a região.

O clarão assustou um pelotão que remava em suas pirogas em busca de ovos que aves aquáticas punham nas pedras do arquipélago (ao mesmo tempo que as emporcalhavam com suas fezes, pelo que as ilhas depois ficaram conhecidas como Ilhas Cagadas). Para os indígenas, era um enviado de Tupã que se anunciava, na forma de um raio de sol, *Coaraci Beraba*, em sua língua. E assim, como um mensageiro dos Céus, Gonçalo, o carpinteiro lisboeta, foi entronizado na aldeia do Jequiá, a capital dos índios remadores, assim chamada porque seu cacique tinha a boca grande como um "cesto de boca larga, de pegar peixe".

Em pouco tempo, com suas habilidades artísticas e o domínio que possuía de diversas técnicas de trabalho profissionais — além de carpinteiro, era fanqueiro e seleiro —, o Coaraci Beraba tornou-se o conselheiro-mor do cacique, já bem velho e tendo apenas uma filha: Terema. Assim, na condição de importante líder da aldeia, a principal dos antigos mandubiras, recebeu como presente do morubixaba o direito de conhecer, no sentido bíblico, as mulheres que quisesse.

Foi assim que o português conheceu Terema, conhecimento que propiciou o nascimento dos primeiros mamelucos, mais tarde denominados *cariocas*. Gonçalo também se transformou em um grande negociante de peixe seco e defumado, talvez o primeiro dos milhões de comerciantes lusitanos que vieram depois. Mercadejava com os franceses, porque Portugal abandonara o Brasil, nessa época, tendo olhos apenas para o comércio africano. E, quando não estava comerciando, estava com Terema, a quem logo se afeiçoou. Aprendeu-lhe a fala, o dialeto tupi, e confidenciou-lhe os segredos do seu mundo, uma cidade chamada Lisboa. Dessa forma, aos poucos, entre esfregas e refregas de amor, Gonçalo ensinou a Terema sua língua lusitana e pacientemente lhe contou toda a história de sua vida.

Lisboa era muito mais que uma fortaleza medieval, como as outras cidades europeias: tinha ruas, comércio, muita atividade; e concentrava gente muito diversificada — mouros, sarracenos, judeus, nórdicos, pretos... Terema não sabia que existia gente preta. Para ela, preto eram a braúna, a graúna, a araruna, a boiuna, o lugar chamado Pavuna... todas essas coisas escuras cujos nomes terminavam em "una". Mas gente escura assim como o urubu, a saracuruna, a graúna, ela não sabia que existia.

— Existe, sim — dizia Gonçalo. — E Lisboa está cheia dessa gente. Eles vêm de um lugar chamado África: desde o tempo de dom Duarte, as naus portuguesas os levam para servir ao reino; e eles, como são muito bem tratados, servem muito bem. — Terema ficava encantada com as palavras de Gonçalo, principalmente com a cidade. Como seria isso? Ruas? Rodas? Rédeas? O mancebo não tinha cabeça muito boa para línguas, e custou um pouco a aprender a da terra. E como também não falava muito claramente as palavras, Terema não aprendeu o português. Mas a linguagem do amor falava mais alto.

O amor entre o lisboeta e a indígena da aldeia Jequiá ia muito bem. Entretanto, um dia a história mudou. Gonçalo, que ajudava a proteger seus amigos indígenas de outros mais ferozes, foi chamado às pressas para auxiliar o cacique Mocanguê em uma nova guerra com outros indígenas. Com seus arcabuzes e sua astúcia bélica, ele e seus guerreiros saíram vencedores. Finda a batalha, à noite, para comemorar, o tuxaua fez-lhe uma festa na aldeia de Mocanguê, onde assavam muitos peixes em moquéns, e lá pelas tantas apresentou ao Coaraci Beraba sua filha mais bonita. Ela lhe disse: "Meu nome é Cuaraeima." E ele, embasbacado: "Sou Gonçalo de Mendonça." Foi paixão fulminante, ao primeiro olhar, em ambas as direções. E os dois se conheceram, naquela mesma noite.

Dias depois, o português voltou à aldeia de Jequiá e levou consigo Cuaraeima, consciente de haver encontrado a mulher dos seus sonhos nas terras dos brasilíndios. Quando chegou à aldeia, Terema, sua primeira companheira, viu a bela nativa e ficou muito triste. Percebeu que tinha perdido seu amado. Gonçalo não deu a menor atenção a Terema nem às suas outras mulheres. Só tinha olhos para a mulher nova, com quem fez *icatu-etê* a noite toda. Na tarde seguinte, apresentou a mulher nova como a principal. E anunciou que daquele dia em diante ela seria a única mulher da sua vida, pois se arrependera dos muitos pecados que havia cometido com outras tupinambás.

O tempo foi passando, e Cuaraeima foi se aproximando das outras mulheres da tribo, inclusive as de linhagem mais nobre. Fez muitas amizades. Terema ainda tinha esperanças de recuperar o amado. Principalmente porque, certo dia, em um toré, o pajé, incorporando um espírito da mata, lhe assegurou que a alma de Cuaraeima seria levada para o mundo do Bem, e se distanciaria do português.

Gonçalo resolveu voltar para a Europa e levar Cuaraeima. Seguiram viagem no galeão de um francês amigo,

256

que lhe recomendou que não tivesse mais de uma mulher, pois era um mau costume de sarracenos, vedado a cristãos. O português concordou e assim foi, sem problemas. Porém, no momento em que a nau partiu rumo ao oceano, Terema, sem dizer nada, lançou-se desesperada na água e nadou com fortes braçadas, perseguindo a embarcação, gritando o nome do "Coaraci Beraba" até que as velas sumiram no horizonte. Já quase desfalecida, já quase afogada, já quase morta de amor, eis que surge um ser monstruoso, horrendo. Parece um polvo, pelas dezenas de pernas e centenas de ventosas que o constituem; mas sua carcaça é a de uma enorme estrela-do-mar, de corpo duro e cinco pontas ocas.

A pobre afogada nada vê nem sente. Mas as pernas do monstro aspiram e trazem seu corpo para a carcaça. E, cuidadosamente, aconchegam e levam Terema até a praia, depositando-a na areia.

A voz do monstro é grave e rouca, mas muito amorosa e paternal. Assim, num falar carinhoso mas estranho, impróprio para um ser marinho daquele tamanho, e dito como se o falante estivesse uns quinhentos anos adiante do seu tempo, aconselha:

— Tsc! Deixa de bobagem, menina! Nenhum homem vale tanto... E você ainda é muito novinha, muito bonitinha, e tem muita coisa pela frente etc. etc. etc.

Terema ouviu as estranhas palavras do monstro. E logo compreendeu que a voz parecia a de seu falecido avô; mas não era a dele e sim a de um longínquo e inimaginável descendente que ainda demoraria muito a nascer. Então, tocada pela magia da aparição e da mensagem, resolveu redirecionar sua vida, reconstruí-la em outras bases, novos parâmetros... E deu uma guinada radical.

De mulher doméstica e abnegada, Terema se transformou em pescadora, caçadora, guerreira e ganhou fama. Impôs-se a todos os homens e, quando algum lhe agradava fisicamente, dominava-o, arrastava para a rede e fazia *icatu-etê* com ele. Sempre por cima.

Assim, teve mais de 101 filhos, cada qual com um homem diferente: índios, portugueses, franceses, pretos, era só sentir atração. Por conta disso, durante muito tempo, todos os moradores destas ilhas e de boa parte da beira-mar eram todos seus descendentes. Inclusive eu, que sou filho de uma tatara-tatara-tataraneta dela.

Já bastante europeizada, resolveu aceitar o nome "Tereza" com que "aquele galego filho da puta" — palavras dela — a chamava, em vez de Terema. E acrescentou a esse nome um outro, de força, Mandubira, que é o nome do cipó com que se amarra o peixe mandu.

Com esse nome, a filha daquele velho e obscuro cacique, cuja lembrança a História não guardou, dedicou-se às artes da guerra sem tréguas e das estratégias políticas sem escrúpulos, inaugurando uma praxe imorredoura. E, assim, fingindo-se apaixonada, atraiu Paraci, filho de um chefe inimigo, com quem passou a viver um romance histórico. Até que ela e o amante se tornaram cúmplices no assassinato do chefe adversário; e o rapaz passou a ser o tuxaua de seu povo.

Quando o jovem guerreiro assumiu o poder, Tereza reinou junto com ele, até o dia em que, cansada da rotina, o matou durante o sono, com cauim fervente derramado dentro do ouvido, e tornou-se absoluta. Feito isso, empreendeu guerras de expansão contra todas as tribos vizinhas, submetendo uma por uma e criando o Império de Paranapuã. Com ela nascia uma dinastia de rainhas guerreiras, que comandaria o Império, inclusive durante o episódio da Confederação dos Tamoios, quando se puseram ao lado dos portugueses. Nesse momento, entretanto, Tereza Mandubira, a imperatriz de Paranapuã, foi morta por tropas lusitanas em meio a uma desvairada noite de *icatu-etê*.

Essa é uma passagem que os livros contam mas não esclarecem. Tereza Mandubira morreu na luta para expulsar os franceses daqui. Mas morreu como vivia: no exercício do seu maior exercício, que era o do amor selvagem. Pois foi o seguinte:

Quando se estabeleceu por aqui, com a ideia de tornar estas ilhas e praias uma colônia francesa, o tal do almirante Vilaganhão — que os pés de chumbo chamavam de "Vira-galeão", "Vergalhão", sei lá... — não deixou que seus comandados vivessem na gandaia com as índias. Exigiu que todos os que tivessem arranjado comborças, concubinas, se casassem perante o notário da expedição. Muitos franceses, então, fugiram pra dentro das matas, passando a viver entre os índios. Alguns se casaram contra a vontade, outros se rebelaram e foram punidos, sendo até mesmo ameaçados de morte. Tereza se aproveitou disso para fazer o que mais gostava: filhos. Dizem que fez filhos até mesmo com o Vergalhão. E, se fez mesmo, fez muito bem, porque os franceses já estavam mandando nisso tudo aqui. Até que os portugueses resolveram acabar com a farra.

Numa das ausências do "Amirral" — como seus marujos o chamavam —, o governador-geral Mem de Sá resolveu tomar de volta a nossa baía. Aí, veio descendo de Ilhéus, chegou aqui e mandou seu ultimato ao substituto do Vergalhão, que respondeu avisando que ia resistir. A guerra então começou. Os portugueses foram bem-sucedidos no ataque à que chamaram Ilha das Palmeiras, conseguindo conquistar o forte na madrugada de um domingo e o arrasando depois. Mas Mem de Sá retornou a Salvador sem deixar guarnição na Guanabara. Então os franceses voltaram.

Foi então que veio Estácio, e venceu a primeira batalha. Sabendo disso, Tereza equipou sua armada de 501 canoas feitas de troncos de tabebuia, cada uma comportando dez guerreiros e um capitão. Assim, enquanto Estácio permanecia em São Vicente, procedendo a reparos nas embarcações e nas defesas da baixada santista, reunindo reforços de gente e suprimentos, a heroína deu seu ultimato aos franceses.

Nesse momento, Guaixara, o cacique dos tamoios de Jecaí, que os portugueses chamavam "Cabo Frio", estava na baía lutando do lado dos franceses. Na véspera, dia de São Sebastião, sua canoa fora explodida por um corpo das tropas de Estácio de Sá. Nesse dia, então, ele descansava em Paquetá, aguardando uma visita muito esperada.

No iniciozinho da tarde, Dona Tereza Mandubira chegava ao acampamento do mandachuva do Jecaí, o Cabo Frio dos portugueses. Tinha sido convidada por ele, para uma conferência de guerra, e também para conhecer suas riquezas e provar sua proverbial sabedoria. O chefe já não parecia jovem, mas era forte, bonito e insinuante. Então, após o lauto banquete cerimonial, que se prolongou por muitas horas, Dona Tereza acompanhou Guaixara até a alcova real, improvisada, mas limpinha e acolhedora.

O amor estava no ar. De todos os cantos da ilha sua presença era ouvida e sentida. Até que de repente um grito lancinante, que não se definia como de prazer ou de dor, de espanto ou desespero, ecoou na baía.

As tropas portuguesas voltavam à carga. E, no furor de atingir o cacique inimigo, numa mistura de negligência, imprudência e imperícia, matavam ali, com um tiro de bombarda bem no meio do peito nu, a Divina Mãe de todo o povo destas ilhas, praias, angras e enseadas.

• • •

Segundo a crença dos mandubiras, quando uma pessoa morre, além do velório, devem ser realizados rituais coletivos durante nove dias em sua honra. Assim, confirmado o falecimento de Dona Tereza, o corpo, trazido para a aldeia de Jequiá, foi lavado por mulheres amigas, escolhidas entre as mais próximas. Depois de lavado o corpo, unhas e cabelos foram cortados. Feito isso, colocaram moedas sobre as pálpebras da Amada Soberana; cal sobre o ventre e o peito; e então o cadáver foi enrolado com uma faixa de algodão e vestido com seus melhores trajes. Depois, foi posto na urna funerária de argila, feita especialmente para aquela triste ocasião, junto com as aparas das unhas e os restos de cabelo enrolados numa tenra folha de bananeira.

Para aliviar a tristeza, passou-se entre os presentes uma cuia de cauim (depois duas, depois muitas). Quando todos estavam satisfeitos, um último gole da bebida foi despejado pela garganta da morta, antes de amarrarem seu queixo com tiras de folhas de buriti. Então, foi iniciada a vigília ritual, com a urna funerária colocada sobre uma armação feita com troncos de árvores. Ao redor dela, entoaram-se cânticos de lamento ao som de maracás, entremeados por ladainhas e outras orações, até o nascer do sol.

De manhã cedo, o corpo foi levado à igrejinha do alto do morro. E depois da missa, no cemitério, a venerável Tereza Mandubira foi enterrada de acordo com a liturgia que ela mesma havia criado, como chefe política e também espiritual, tuxaua e xamã de sua nação, e, ainda, com os ritos da tradição católica apostólica romana, que tanto prezava e respeitava. E, durante as nove noites seguintes, outros longos e complexos rituais foram realizados, de acordo com a tradição.

Sempre, também, respeitando o modelo tradicional, após a imortal Dona Tereza Mandubira, reinaram quinze soberanas, cada uma durante cerca de duas décadas. Foram elas: Iracema, dita a Bela; Jaciara, a Feia; Araci, a Justa; Jaucirena, a Falsa; Iara, a Velha; Iaramirim, a Moça; Juçara, a Magra; Iguaba, a Grande; Jupira; Jandira; Potira; Cariacica, a Estranha; e Miracema, dita a Ótima.

Todas se mantiveram fiéis aos rituais introduzidos pela Mãe das Ilhas. E todas renderam culto, principalmente, à memória da Grande Ancestral, nos grandes festivais que se realizaram, desde o tempo dos Sá até o governo do Marechal de Ferro. Essas celebrações ocorriam sempre que, a partir do falecimento, se completava um período de tempo que representasse uma potência de 9, como 18, 36, 72 etc. — o que demonstra o alto grau de desenvolvimento da matemática entre os mandubiras. O principal objetivo era render culto à Sua memória.

O nono aniversário da pranteada morte ocorreu no reinado de Araci, a Justa. Por aquele tempo, os governadores estavam loteando a cidade, cedendo grandes extensões de terra para seus padres e primos. Com os temininós de Maracajaguaçu e seu filho Arariboia expulsos para o outro lado, os mandubiras gozavam de alguma tranquilidade, mas sempre de olho no olho grande dos portugueses.

A alma e o espírito da Grande Ancestral já estavam em sua morada permanente. Mas, através de tranquilos e belos sonhos, sonhados por uma de suas descendentes, Ela pediu que o aniversário de sua partida fosse comemorado com um banquete, após a missa votiva. E assim foi feito; e isto para que os sonhos não se transformassem em pesadelos, para que os presságios não se concretizassem como acontecimentos ruins; para que, no mar, os pescadores não se defrontassem com perigos de natureza misteriosa e as hortas não produzissem colheitas pobres. E, principalmente, para que os membros da família não fossem afligidos por grandes calamidades, inclusive doenças mortais.

Os festejos, com fartura de comida, bebida, música e dança, duraram dezoito dias, pois fazia dezoito anos que Dona Tereza Mandubira tinha partido.

Sob a tuxaua Inajá, numa época em que o sustento da cidade vinha da pesca da baleia, da qual se aproveitavam o óleo e as barbatanas; da plantação de cana, da qual resultavam o açúcar, a rapadura e o parati; e da criação de gado, do qual vinham o leite, a carne, os couros, os chifres (usados na fabricação de diversos objetos) e também os ossos; nessa época, nas ilhas e praias desta baía, a vida era razoavelmente tranquila. Então, nos 27 anos da entrada da Mãe das Ilhas no Reino dos Ancestrais, a festa foi grande.

Data desse ano a instituição de um costume maravilhoso. Desde então, nas semanas que precedem todo grande ritual, os músicos da comunidade recebem, por meio de sonhos, inspiração para compor e arranjar as canções cerimoniais. Essas canções obedecem a três tipos principais: um de melodia suave e lenta, uma invocação ou um louvor aos espíritos; outro, cantado por um coro de mulheres, e um terceiro, executado apenas por homens. Mas aí foi que a onça bebeu água.

Dona Inajá tinha como inimigo o cacique Tiboim, chefe de um pequeno povo da montanha, que não se conformava com o fato de os mandubiras serem donos de mais e melhores terras do que seu povo; e sempre os acusava de serem ambiciosos e usurpadores. Então, os padres da Companhia de Jesus — presentes nas ilhas fazia já algum tempo — resolveram intervir, mandando os dois líderes comparecerem à presença de seu superior, o que logo ocorreu.

Ouvindo os argumentos, o piedoso e arguto padre Afonso Maria os obrigou a prestar juramento de obediência à sua decisão. Feito isso, dias depois proclamou sua sentença em favor de Inajá e dispôs que, como prova de concórdia e paz entre os dois, fosse celebrado um banquete, que foi realizado — os mandubiras, na verdade, aproveitaram a ocasião já programada, em honra da Grande Ancestral.

No centro da praça da aldeia, os mandubiras colocaram duas grandes mesas de troncos de imbaúba, sobre as quais foram arrumadas grandes travessas com carnes de anta, capivara, paca, tatu, jacaré e outras caças, terrestres e fluviais, além de frutos do mar. E havia também grandes vasilhas contendo a saborosa cerveja de milho, bastante apreciada também pelos jesuítas.

Tiboim ocupou, com seus principais, uma das mesas; e na outra, em frente, sentaram-se Inajá e seu estado-maior. Comeram e beberam feito monges bávaros; e, quando não restava mais nada sobre as mesas, a não ser as grandes cabaças da cerveja de milho, passaram às saudações protocolares. Assim, levantando-se e tendo em cada mão uma cuia cheia, Tiboim disse, alto e solene:

— Vamos selar nosso trato, para que só a morte tenha o poder de romper o compromisso que mutuamente assumimos. — E estendeu sua mão direita, com a cuia, para Inajá. Esta, entretanto, desconfiando das intenções do velho inimigo, levantou-se e respondeu:

— Irmão cacique! Já que você me fala com tanta amizade, me dê a cuia de sua mão esquerda, pois esse é o lado do coração.

Tiboim empalideceu, contraiu o rosto e enrijeceu todas as fibras do corpo. Mas, por orgulho de ver sua traição desmascarada, recompôs-se e, atendendo ao pedido da inimiga, aceitou a troca. Então, brindaram e beberam. E Inajá, tão logo provou a bebida, caiu fulminada.

Vendo isso, o valente e orgulhoso Tiboim, que planejara matar-se de modo espetacular, por força da humilhação que a derrota no pleito lhe causara, sucumbiu de pena e arrependimento. Então, despejou a cuia que lhe coubera e a encheu com a cerveja que ele próprio envenenara com as folhas mais mortíferas da floresta, caindo morto também.

Desse dia em diante, em todos os rituais periódicos realizados em memória da Grande Ancestral, uma parte ficou reservada ao martírio de Inajá. Até a morte da última rainha mandubira, há mais ou menos três anos. E assim foi no reinado de Iara, a Velha.

Ao tempo dessa rainha, que assumiu o trono já bem idosa, consumou-se a destruição do reduto de escravos fugidos que por muitos anos incomodou as autoridades coloniais; e com os quais os mandubiras mantinham tranquilas relações de comércio e amizade. Como os quilombolas quase não possuíssem terras para plantio, eles adquiriam, por escambo (principalmente de utensílios e artefatos saídos de suas forjas, como ferramentas e armas), quase toda a mandioca coletada pelos mandubiras. Dessa matéria-prima, eles produziam e vendiam grandes quantidades de farinha, considerada a melhor de toda a região — tanto que o aldeamento quilombola é também mencionado por alguns historiadores como o "Quilombo da Farinha".

Os próprios mandubiras levavam a mandioca direto para o *Kanzuá kwa Fuba*, a casa de farinha, onde era descascada, colocada na água para amolecer e fermentar, e depois triturada ou ralada pelos próprios índios. Em seguida, era prensada para extração do veneno, extremamente tóxico, tarefa que era, aí sim, executada por um grupo especializado de quilombolas, por questão de segurança. Depois, a massa era peneirada e torrada, também com a utilização de mão de obra indígena. Interessante é que quando um índio estendia a mão, pedindo pagamento, o solicitado a beijava. Alguns historiadores veem no gesto a origem da expressão "de mão beijada", o que parece fantasioso. O certo é que, nesse momento, a farinha estava pronta para o consumo.

O reduto quilombola ficava no chamado Morro do Cabaceiro — notório pela presença de um imponente exemplar da árvore que lhe deu o nome —, em cujo sopé os indígenas fundaram a aldeia do Jequiá. O líder, por razões óbvias, era mencionado como o "Zumbi da Ilha".

Na primeira investida contra o quilombo, a tropa comandada pelo feroz mestre de campo Domingos Jorge Barbosa, o Barbosinha, não conseguiu romper as defesas do aquilombado, nem mesmo chegar à cerca fortificada e protegida por inúmeras arapucas e toda sorte de armadilhas. Voltaram semanas depois, mais uma vez sem lograr sucesso. E então Barbosinha mandou levantar outra cerca, envolvendo a do quilombo em toda a sua extensão.

Ao perceber a estratégia, o Zumbi decidiu romper o cerco de qualquer jeito. Pela madrugada, em silêncio absoluto, seus liderados foram saindo em fila, mas posicionando-se entre um cercado e o outro. Ao ouvir o murmúrio dos quilombolas encurralados, os homens do Barbosinha descarregaram suas armas na escuridão. E a intensa saraivada de balas desbaratou os fugitivos que, sem perceber, foram caindo, feito cachos de bananas maduras, no fundo do despenhadeiro em que terminava a porção oriental do morro, para os lados da Ilha de Mãe Maria, preta velha de saudosa memória, amiga da rainha Iara, a Velha, desde a infância. O Zumbi atirou-se no mar e nunca mais foi visto. Ou melhor: segundo algumas versões, teria nadado até a Ilha d'Água e lá teria tentado, sem sucesso, reorganizar sua resistência ao escravismo.

Na fuga quilombola, andando entre os corpos dos mortos, teve gente que chegou a ver o Valonguinho, moleque estranho, onipresente nos eventos das praias, ilhas e ilhotas da Baía de Guanabara. Trata-se, dizem, de uma espécie de duende que até hoje aparece de repente nos lugares mais inusitados e que ninguém sabe exatamente o que é: se é um santo ou um quiumba; uma entidade benfazeja ou um espírito perturbador; se é um menino ou um velho, um ser humano ou uma coisa. O certo é que, nas celebrações em honra da Grande Ancestral, posteriores à que ocorreu no reinado de Dona Iara, sua memória passou a ser honrada, no momento dedicado aos espíritos infantis. E assim foi sob o reinado de Dona Potira.

Nas celebrações daquele ano, quando já tinha sido consumida a essência espiritual das oferendas, encheram-se as travessas com os alimentos a serem oferecidos aos amigos. O que sobrou foi colocado em folhas de bananeira e entregue aos espíritos da mata. A um sinal do ritualista, o canto se interrompeu e as crianças invadiram a oca, cada qual tentando conseguir o melhor quinhão. O objetivo dessa parte do cerimonial era dar à geração mais nova oportunidade de se familiarizar com os espíritos dos ancestrais, ao mesmo tempo que os espíritos dos avós se divertiam com a vivacidade dos netos e seus camaradas. E entre eles teve gente que viu o Valonguinho.

Mas, em meio aos festejos, de repente, num espetáculo breve mas intenso, uma espetacular explosão de fogos de artifício iluminou com lampejos coloridos o casario baixo e as ruas estreitas, lá longe na cidade; e chamou a atenção dos mandubiras. O eco abafado das festividades, pontuado aqui e ali por salvas de canhões, espraiou-se pela baía até quase o amanhecer. Os nativos acharam que era mais uma guerra dos brancos, que não faziam outra coisa. Depois se soube, pelos quilombolas, que era a Louca, a rainha dos portugueses que vinha de mudança para a cidade, com a real família.

Pouco antes disso, os mandubiras tinham sido convocados para auxiliar na resistência à destruição da aldeia do rio Maracanã, próxima à praia do Caju, onde a tribo de primos dos mandubiras, dona da terra, fora expulsa por um português que nela resolveu instalar o que ele chamava de a sua Quinta — talvez por já ter, antes, tomado quatro territórios de outras tribos indígenas. Mas os primos do Jequiá não tiveram meios para atender à convocação: ainda se recuperavam do bombardeio de uma de suas canoas, destroçada com seu carregamento quando vinha da Prainha, da Pedra do Sal, onde tinha ido comprar o condimento, vital para o seu povo. Os tiros de bombarda foram disparados do alto do Morro da Conceição por marinheiros da esquadra de um corsário francês.

Boas décadas depois, no reinado de Miracema, a Ótima, os preparativos para o festival em honra da Mãe das Ilhas já estavam bem adiantados. Uma bela manhã, entretanto, às margens do rio Jequiá, em dois morretes onde tinham secretamente instalado dois canhões navais, certo almirante Saldanha enfrentou, com os poucos fuzileiros de que dispunha, o avanço da esquadra do governo. Travou-se intensa batalha com visível desvantagem para o tal Saldanha. Mas um tiro disparado por um de seus canhões derrubou um general do seu cavalo. Os mandubiras assistiam a tudo, do alto do Morro do Cabaceiro, rindo muito, mas sem entender nada do que acontecia. Alguns até acharam que era o festival que começara e quiseram descer para entrar na brincadeira. E deram vivas ao almirante Saldanha, que para eles era um avatar de Dona Tereza Mandubira, a mãe de todos os povos destas praias e ilhas, que vinha, vestida de homem guerreiro, brincar com seus descendentes e demais parentes.

Só que era guerra pra valer. E nesse dia a aldeia de Jequiá foi explodida, destruída, queimada, arrasada. Para sempre.

Este livro foi composto na tipologia Minion Pro
Regular, em corpo 12/16, e impresso em
papel off-white no Sistema Cameron da
Divisão Gráfica da Distribuidora Record.